난검무림 5

초판 1쇄 인쇄일 2015년 7월 10일 | **초판 1쇄 발행일** 2015년 7월 14일

지은이 용우 | **펴낸이** 곽중열 | **담당편집 팀장** 이범수
편집부 신연제 이윤아 김호성 김은경

펴낸곳 (주)조은세상 | **출판등록** 제 2002-23호
주소 경기도 연천군 미산면 청정로 1355
TEL 편집부 02)587-2966 | FAX 02)587-2922
e-mail bukdu@comics21c.co.kr

ⓒ용우 2015
ISBN 979-11-5832-170-3 | ISBN 979-11-5512-995-1(set) | 값 8,000원

난검무림

용우 신무협 장편소설

5

NEO ORIENTAL FANTASY STORY

북두
(주)좋은세상

NEO ORIENTAL FANTASY STORY

난검두림

第1章.

NEO ORIENTAL FANTASY STORY

第1章.

"헉, 헉!"

거친 숨을 몰아쉬며 절벽을 오르는 태현.

폭포수처럼 쉴 새 없이 떨어져 내리는 땀방울.

부들부들!

힘을 준 손가락이 부들거리며 몸을 끌어올린다.

이끼 가득한 절벽을 맨 몸으로 기어오르는 태현은 보는 것만으로도 아찔하게 느껴진다.

도대체 저런 곳을 어떻게 올라가는 것인지 싶을 정도로 아찔한 높이의 절벽을 쉼 없이 오르는 태현.

입에선 단내가 느껴질 정도고 거칠어진 숨은 편해질

기미를 보이지 않는다.

당장이라도 포기하고 싶지만 올라가는 것보다 내려가는 것이 더 위험할 정도.

내공을 쓰지 않고 오롯이 육체의 힘으로 올라가는 중이기에 몸 곳곳에서 비명을 질러대지만 태현은 무시한다.

턱!

왼손을 뻗어 툭 튀어나온 바위를 붙든다.

몸을 일으키기 위해 힘을 주는 순간.

"헉!"

후두둑.

떨어져 내리는 돌!

순간 몸이 휘청하지만 그 짧은 순간 재빨리 오른손에 힘을 준 덕분에 떨어져 내리진 않았지만 혹사에 가까운 움직임으로 인해 연신 몸에서 비명을 내지른다.

자신도 모르게 입으로 비명을 내지를 정도지만 이를 악문 태현의 시선이 다시 절벽 위를 향한다.

"허, 비명을 내지를 만도 하건만…"

대단하다는 눈빛으로 태현을 바라보는 노인이 있었다.

절벽 위 벼랑에서 태현의 모든 것을 지켜보고 있는 사람.

감영의 손에서 태현을 구해내었던 노인이었다.

10

눈을 뜬 태현에게 스스로 무명(無名)이라 칭한 그는 도저히 고칠 수 없을 것 같던 태현을 완벽에 가까울 정도로 치료했다.

최소 1년은 요양해야 될 상처들.

아니, 요양을 한다 하더라도 본래의 생활을 찾을 수 없을 것 같던 상처였지만 무명 노인은 결국 태현을 치료해 내었다.

지금 태현이 목숨을 걸고 절벽을 오르는 것 역시 무명 노인의 지시가 있기 때문이었다.

몸 상태를 완벽하게 돌리기 위한 재활치료라는 말에 태현으로선 듣지 않을 수도 없었고 말이다.

노인에 대한 의문은 많았지만 먼저 입을 열지 않으니 태현으로서도 묻기 어려운 부분이 많았다. 도움을 받은 처지에 캐묻고 있을 수 없었던 것이다.

그렇게 무려 여섯 달이란 시간이 흘렀다.

"헉, 헉!"

거친 숨과 함께 마침내 절벽 위를 오른 태현.

말할 기운도 없는 듯 바닥에 쓰러진 태현을 보며 무명 노인은 자리에서 일어섰다.

"일다경 안으로 폭포로 가서 몸을 식혀라. 그곳에서 반 시진을 버틴 뒤 온천에서 몸을 풀면 될 것이다. 오늘은…

이쯤 하는 것이 좋겠다."

"하악, 학!"

거친 숨을 몰아쉬느라 대답도 못하는 태현을 뒤로 하고 노인은 어디론 가로 발걸음을 옮긴다.

처음부터 대답을 들을 생각이 없었다는 듯.

잠시 숨을 고른 태현이 자리에서 일어나 다시 움직인다.

때를 맞추어 하늘에서 하얀 눈이 내리기 시작했다.

펑펑.

하루의 대부분을 몸을 단련하는 것으로 시간을 보내는 태현에게 유일한 휴식시간이 있다면 바로 잠자리에 들기 전의 짧은 시간이다.

기적적으로 살아났기는 하지만 앞으로 어떻게 해야 하는 것인지 답답하기만 하다.

"후…."

'몸 상태는 점점 좋아지고 있지만 역시 문제는 내공인가….'

무명 노인에게 구함을 받고 치료를 받음으로서 몸은 좋아졌지만 문제는 내공이 움직이질 않고 있었다.

내공을 움직이는 순간 기맥이 끊어지는 것 같은 고통

과 함께 내공이 흩어져 버리는 것이다.

수차례 시도를 해보았지만 번번이 실패하고 이젠 다시 시도를 해볼 엄두도 나질 않는다.

스스로 이겨 낼 수 없을 만큼의 고통이 쏟아져 내리기 때문이다.

게다가 한 번 시도를 하고나면 자리에서 족히 반나절은 움직일 수 없을 정도로 그 여파는 말 할 수 없을 정도로 컸기에 쉬이 도전 해 볼 수가 없었다.

게다가 무명 노인이 당분간 내공 운용을 금지시켰기에 더욱 그러했다.

다른 사람도 아닌 그의 말이기에.

'그러고 보면 참 신기한 분이시지. 처음 본 그 순간부터 특별한 뭔가가 느껴지는 사람은 오랜만이로군.'

이제까지 그런 감정을 나타내게 만들었던 것은 칠성좌의 사부들. 그 중에서도 천기자 사부 밖에 없었다.

신기한 일이지만 덕분에 편안한 마음으로 무명 노인의 말을 듣고 이행 할 수 있었다.

단순히 목숨을 구해 받았기에 믿을 수 있는 것이 아닌. 정체를 알 수 없는 그 무언가가 끈끈하게 이어져 있는 기분이다.

"내일은 오늘보다 반각은 단축시켜야겠어."

매일 반복되는 절벽 등반이기에 태현은 매일 조금씩 그 시간을 단축시키는 것을 목표로 삼고 있었다.

그 시간이 단축 될 때마다 태현의 몸은 빠른 속도로 회복되고 있었다.

†

"좋군."

완벽하게 지어진 철혈성을 둘러본 철무진의 입가에 미소와 함께 만족감이 감돈다.

그제야 긴장한 얼굴로 그의 뒤를 쫓던 팔영.

아니, 이젠 네 사람 밖에 남지 않아 사왕(四王)으로 불리는 감영, 흑영, 황영, 자영.

"준비는?"

"이주는 이미 완료 단계에 이르렀고, 남은 것은 무림에 개파대전을 알리는 것뿐입니다."

"나쁘지 않군. 개파대회의 준비는?"

"이미 준비가 되었고, 이목을 끌기 위한 상품 역시 준비를 마쳤습니다. 상품으로는 칠성검(七星劍)과 백년설삼과 같은 영약을 준비했습니다."

기다렸다는 듯 황영이 고개를 숙이며 답한다.

성의 재정을 담당하는 그가 준비를 한 것이니 만큼 무림의 이목을 끌기에 부족함이 없는 상품들이었다.

굳이 이렇게까지 상품을 내건 것은 무림의 이목을 확실히 끌기 위함도 있지만, 철혈성의 힘을 내보이기 위한 목적도 있었다.

무림에서도 이름 있는 상품들이니 만큼 목숨을 걸고 덤벼드는 자들이 한 둘이 아닐 터.

그들을 꺾음으로서 무림에 그 힘을 내보이려는 것이었다.

"좀 과하지 않겠습니까? 그렇지 않아도 저희를 주목하고 있는 자들이 많으니 이런 상품을 내걸지 않아도 개파대회에 참석하려는 자들이 많을 것입니다."

감영이 무뚝뚝한 목소리로 말하자 자영이 답했다.

"그럴 수도 있겠지. 하지만 무림엔 강자만 있는 것이 아니지. 위로 올라가려고 버둥대는 자들이 더 많은 현실이니, 그들을 포용 할 수 있다면 결코 아깝지 않은 일이지."

"그건 무슨 말이지?"

"앞으로 무림을 손에 넣는 과정에서 많은 피가 흐르게 될 거다. 그 과정에서 우리의 피는 작게 흘릴수록 좋은 일이지."

"으음… 쓸 만한 자들을 영입하겠다는 것인가?"

"적의 칼날을 막아줄 방패를 구한다고 하는 것이 낫겠지."

웃으며 말하는 자영을 감영은 말없이 바라보다 시선을 돌린다.

상황이 대충 정리되자 지켜보고 있던 철무진이 입을 연다.

"내일부터 시작한다. 철혈성의 시대를 알려라."

"존명!"

어느 날을 기점으로 전 무림에 돌려진 배첩.

비단으로 꾸며진 고급 배첩은 무림을 뒤흔들기에 부족함이 없었다.

철혈성의 개파를 알리고 개파대회를 개최한다는 사실과 내걸린 상품의 내용까지 모든 것이 같지만 그것을 받아들이는 것은 문파마다 달랐다.

약소 문파의 경우 내걸린 상품에 눈에 불을 밝히며 움직일 준비를 서둘렀으며, 대문파의 경우 의심의 눈으로 철혈성을 바라보고 있었다.

어마어마한 규모의 본성을 지었다는 사실은 이미 무림에 잘 알려진 사실이기에 상품이 거짓일 확률은 적었다.

자신들의 명성과 직결된 것이니 말이다. 문제는 이들이 어떤 뜻으로 그것을 내놓은 것인 지였다.

"무림을 흔들려는 수작이지 않겠습니까?"

"개파대회란 이름을 빌어 소속이 없는 무인들을 끌어들이려 할 수도 있습니다."

"자신들의 힘을 과시하기 위한 자리일 수도 있지요."

떠들썩해진 회의장.

가장 상석에 자리한 맹주의 자리가 비워진 가운데 그 밑으로 두 사람이 앉아 있었는데.

무림맹의 부 맹주인 현천검제와 오호창제였다.

말없이 회의장을 응시하는 두 사람의 시선엔 복잡함이 서려 있다.

그날의 만남으로 자신들로선 천마의 적수가 될 수 없음을 깨달은 두 사람이기에 필사적으로 무신(武神)을 찾는 것에 몰두 했으나 어디에서도 그의 흔적을 찾을 수가 없었다.

그렇게 회의장이 점차 시끄러워질 때쯤 결국 군사인 신묘 제갈량이 나섰다.

드륵-.

의자가 밀리는 소리에 모두의 시선이 자리에서 일어서는 제갈량을 향하며 한 순간 조용해진다.

"여러분들의 이야기는 잘 들었습니다. 하지만 지금 중요한 것은 철혈성이란 새로운 문파에 대한 정보가 절실합니다. 저희가 가지고 있는 정보는 적은데 반해 우리에 대한 것은 무림에 알려진 것이 너무 많습니다."

"군사의 말씀은 지금은 놈들에 대한 정보를 구하는 것이 먼저라는 것이오?"

"그렇습니다. 지피지기 백전불태(知彼知己 百戰不殆)란 말처럼 적을 아는 것이 먼저입니다."

신묘의 말에 모두들 침묵을 지켰지만 그 분위기는 긍정에 가까운 것이었다.

구파일방과 오대세가의 알력 싸움 이전에 철혈성에 대한 정보가 부족하다는 것은 사실이기 때문이다.

게다가 이전에 무림에서 일어났던 각종 사건들이 그들과 관련 있다는 것은 즉, 적이란 이야기이기에 더욱 놈들에 대한 정보가 필요했다.

"현재 정보부를 총 동원하여 파악을 하고 있지만 아직 드러난 것이 거의 없는 상태입니다. 하여 저는 이번을 기회 삼아 놈들의 본거지로 직접 들어가 볼 생각입니다."

웅성웅성.

갑작스런 그의 말에 소란스러워지는 회의장.

사람들의 시선은 신경 쓰지 않고 신묘는 계속해서 말

을 이었다.

"백문불여일견(百聞不如一見)이라 했습니다. 놈들이 초대를 했으니 당당히 응해줌으로서 본맹의 배포를 보이고, 놈들에 대한 정보를 손에 쥘 수 있는 절호의 기회라 생각합니다."

"동의하네."

그의 말이 끝나기 무섭게 입을 다물고 있던 오호창제가 고개를 끄덕이며 동의한다.

현천검제 역시 동의하고 나섰다.

"적의 동태를 살피는 것만큼 중요한 것도 없지요. 좋은 기회라 생각되는 만큼 철저한 준비를 통해 많은 것을 얻어내는 것이 좋을 것입니다."

"흐음…."

부 맹주들의 찬성에 회의장의 사람들이 고민을 한다.

고민이라곤 하지만 사실 반대하기 어려웠다.

구파일방과 오대세가의 대표라 할 수 있는 두 사람이 동의를 하고 나섰으니, 이제와 반대하는 것도 모양이 좋지 않은 것이다.

게다가 그들의 말처럼 이번 일은 꼭 필요한 것이기도 했고 말이다.

"좋습니다. 허면 인원은 어찌 구성할 생각입니까?"

누군가의 물음에 신묘는 이미 생각해둔 바가 있다는
듯 즉시 입을 열었다.

"우선은 신교의 움직임에 맞춰볼 생각입니다만, 만약
여의치 않을 경우엔 두 분 중 한 분이 저와 함께 했으면
합니다."

신묘의 시선이 부 맹주들을 향한다.

무림맹이 철혈성의 배첩으로 떠들썩거리고 있을 때 천
마신교는 의외로 배첩을 받고서도 담담한 분위기였다.

이유는 간단했다.

"무시해."

천마의 짧지만 강한 한 마디가 있었기 때문이다.

이미 신교 내부에선 놈들을 적으로 규정한 상태인 만
큼 놈들이 개파를 하건 뭐를 하건 큰 관심이 없었다.

놈들이 벌이는 축제에 한팔 거들고 나선다는 것 자체
가 있을 수 없는 일인 것이다.

처음부터 아예 무시하고 움직이지 않는 것이 나은 선
택이기에 천마의 말에 누구 하나 토를 달지 않았다.

하지만 그와는 반대로 신교 일부 조직은 발 빠르게 움
직이고 있었음이니 바로 군사 직속의 정도단체 비선이었
다.

20

지금은 비선으로 불리고 있지만 과거엔 천안통으로 불렸던 적도 있고, 흑영이라 불렸던 시절도 있다.

군사가 누가 되느냐에 따라 그 이름은 다르게 불리지만 그들이 하는 일은 단 하나.

무림의 정보를 끌어 모으는 것이었다.

철혈성에 대한 정보를 모으기 위해 발 빠르게 움직이는 것도 있지만 그 근본에는 한 사람을 찾기 위해서였다.

"아직도 별 다른 소식은 없는 모양이로군."

"아직까지 별 다른 소식이 없다는 것은 무사하다는 증거가 될 수도 있겠지요."

"나쁜 쪽으로 생각하자면 죽었을 수도 있지."

"일찍 죽을 얼굴로는 보이지 않았습니다만?"

마뇌의 말에 천마가 피식 웃으며 찻잔을 든다.

비선이 중원 전역을 돌아다니며 찾고 있는 사람은 바로 태현이었다. 어느 날 갑작스레 소식이 끊어져버린 그.

마지막 정보라곤 철혈성으로 향했다는 것 뿐.

신교의 인물이 아님에도 불구하고 신교가 나서서 찾고 있는 것은 천마의 명이 있기 때문이다.

"상당히 아까운 녀석이란 말이지. 게다가 정해진 소속도 없고 말이야."

"설마 후계로 삼으실 생각이십니까?"

"후후, 아직까진 아니네. 그러기엔 안 밖의 반발이 강하게 있지 않겠나?"

천마의 말에 마뇌는 말없이 고개를 끄덕인다.

하지만 반대로 누구도 쉽게 반대하진 못할 것이었다.

다른 누구도 아닌 천마의 선택이니까.

천마신교에서 천마의 명이란 그런 것이니까.

다만 때가 되면 힘의 증명을 보여야 하겠지만 마뇌가 본 태현이라면 그 힘의 증명 역시 충분히 이겨 낼 수 있을 것이라 생각이 될 정도였다.

"이런 저런 문제가 있겠지만 하시고자 한다면 못할 것도 없지 않습니까?"

"당장은 거기까진 생각하지 않고 있네. 그저 녀석에게 관심이 갈 뿐이지. 그 이야기는 이만하도록 하고. 비아는?"

손녀의 소식을 묻는 그에게 마뇌는 고개를 저었다.

"아직도 그곳에 있는 것인가?"

"당분간 돌아오지 않겠다는 전언이 있었습니다."

"흐음… 녀석이 돌아온다면 가장 확률이 높은 곳은 역시 그곳이겠지?"

"예."

단리비가 지금 머물고 있는 곳은 진양표국이었다.

태현이 다시 모습을 드러낼 때 가장 확률이 높은 장소

가 바로 진양표국이었다.

그렇기에 태현을 찾는 것에 큰 소득이 없자 단리비는 선휘들을 따라 진양표국으로 향했던 것이다.

"진양표국의 규모가 얼마나 되지?"

"얼마 전 항주에서 이름을 떨치던 팔황표국이 몰락함으로서 항주 이대표국으로 올라섰습니다. 당장 중원 전체의 규모를 보더라도 충분히 백대 표국 안에 들어 갈 수 있음은 물론이고 제법 목소리도 내세울 수 있을 겁니다."

"그러고 보니 마룡도제 녀석이 그곳에 있다고 했었지."

"예. 그것 또한 표국에 큰 힘이겠지요."

마뇌의 말에 천마가 피식 웃으며 식어버린 차를 단숨에 비운다.

"그렇게 본교에 들어오라고 해도 듣지도 않던 녀석이 표국에 자리를 잡다니. 세상 오래 살아도 모르는 법이야. 허허."

"여러 가지 사연이 있는 것 같습니다만, 어쨌거나 표국에 정착할 것이라곤 누구도 생각지 못했었지요. 당장 무림 어디를 가더라도 큰소리 칠 수 있을 정도의 실력을 가지고 있지 않습니까?"

"자신이 있을 곳은 정해져 있다는 것이겠지. 어쨌거나 비아 걱정은 하지 않아도 되겠군."

"마룡도제 뿐만 아니라 아가씨와 함께 있는 분들의 실력 또한 대단한 수준이니 큰 문제는 없을 것이라 봅니다. 거기다 천마호검대가 함께하고 있음이니 누가 있어 그곳을 뚫을 수 있겠습니까?"

자신 만만한 마뇌의 말에 천마는 의심스런 눈으로 그를 보며 입을 연다.

"얼마 전에 비밀리에 교를 빠져나간 놈들이 있다고 들었네만?"

"…아셨습니까?"

"귀가 간지러워서 말이지."

손가락으로 귀를 파는 시늉을 하는 천마를 보며 마뇌는 고개를 흔들었다.

비밀스럽게 움직였다고 생각했는데 쉽게 들킨 것이다.

그것이 뜻하는 바는 여러 가지 있지만 마뇌는 크게 내색치 않았다.

"아무래도 걱정스러워서 자색만마대 인원을 축출하여 보냈습니다. 천마호검대원들도 사람이니 조금은 쉬어야 할 필요도 있을 것 같고, 아가씨 시중을 들어줄 사람도 있어야 할 것 같아서 말입니다."

"잘했네. 그래서 누굴 보냈나?"

"초지량 부대주와…."

"누구?"

"광혈도 말입니다."

마뇌의 말에 멍한 눈으로 천마가 그를 바라본다.

약간의 침묵이 흐르고 분위기가 이상하다고 판단한 마뇌가 주춤주춤 발을 뒤로 뺄 때 천마가 다시 입을 열었다.

"그 지랄 맞은 놈을 내보내다니 자네 제정신인가?"

"하하, 아가씨 앞에선 조용하지 않습니까? 게다가 실력도 되고 하니 어쩔 수 없는 선택이었습니다."

"하아…"

긴 한숨을 내쉬는 천마.

사실 마뇌의 말처럼 광혈도가 단리비의 앞에선 절대 함부로 행동하지 않는다는 것을 잘 알고 있었다.

게다가 대막혈사풍, 북해빙궁과의 싸움을 이제 막 끝낸 상황에서 광혈도는 최선의 선택임도 분명했고.

그럼에도 불구하고 천마가 걱정하는 것은 언제 터질지 모르는 화약과도 같은 자가 바로 광혈도이기 때문이었다.

그의 별호가 왜 광혈도라 붙었겠는가.

일단 눈이 돌아가면 앞뒤 가리지 않기 때문인데 자칫 문제에 휘말릴 경우 어려운 상황에 놓일 수도 있었다.

"후… 지금으로선 녀석을 믿어보는 수밖에 없겠군."

다시 한 번 한숨을 내쉬는 그의 시선이 멀리 동쪽을 향한다.

NEO ORIENTAL FANTASY STORY

第 2 章.

亂劍武林 난검두림

第 2 章.

　태현이 마지막으로 모습을 드러내었던 곳까지 직접 찾
아갔었지만 결국 아무런 소득도 얻지 못한 선휘들은 진양
표국으로 발걸음을 돌려야 했다.

　걱정이 되는 것은 사실이지만 당장 할 수 있는 것이라
곤 다시 모습을 나타낼 때까지 기다리는 것뿐.

　"선휘는 또?"

　단리비가 방으로 들어서며 묻자 파설경은 고개를 끄덕
이며 주섬주섬 옷을 주워든다.

　"너도 가게?"

　"이러고 있는 다고 해결 될 문제도 아니니까. 오히려

이런 시기니까 수련을 해야지."

그 말과 함께 폐관실로 향하는 파설경의 뒤를 보고 있던 단리비가 작게 한숨을 내쉰다.

마치 몰아세우듯 두 사람은 거의 매일을 폐관실에서 살고 있었다.

명분이야 자신의 실력을 높이기 위해서라고 하지만 그 바탕에 태현과 함께하지 못했다는 죄책감이 있다는 것을 단리비 역시 잘 알고 있었다.

"수련도 좋지만 매일 이런 식이면 몸이 남아나질 않을 텐데…."

단리비 역시 거의 평생을 무공에 몰두해왔고 누구보다 많은 폐관 수련을 해보았기에 지나친 수련이 가져오는 부작용에 대해서 잘 알고 있었다.

사람의 몸이라는 것은 한계에 다를 정도로 움직이고 휴식을 취함으로서 강해질 수 있지만 그 한계라는 것을 조금만 넘어서면 돌이킬 수 없는 상황에 처하게 된다.

단리비는 그것을 걱정하고 있는 것이다.

"아직 아무런 소식도 없나요?"

스슥.

그녀의 말이 끝나기 무섭게 허공에서 한 사람이 모습을 드러낸다.

수라검영이었다.

"별 다른 소식은 없습니다만, 얼마 전 교에서 호위 인원을 늘리기 위해 일단의 인원이 이곳을 향해 출발했다고 합니다."

"호위 인원을요? 지금도 충분하다고 보는데⋯."

"아무래도 무림 상황이 좋지 않으니 확충하려는 것 같습니다. 게다가 수하들도 휴식을 필요로 하니 나쁜 선택은 아닌 것 같습니다."

"하긴 그렇기도 하네요. 그럼 국주님께 미리 말씀을 드려야 하겠네요."

그 말과 함께 단리비가 자리에서 일어섰고 수라검영은 나타날 때처럼 금방 사라졌다.

표국주와 만나기 위해 움직였지만 그를 만날 순 없었다.

팔황표국이 무너지며 흡수한 세력을 안정시키기 위해 동분서주하고 있는 탓이었다.

고민 끝에 그녀가 선택한 사람은 마룡도제였다.

"무슨 일이지?"

자신을 찾아온 단리비와 마주 앉은 마룡도제가 차를 내주며 묻는다.

진양표국에 머물고 있는 만큼 안면은 있지만 이런 식으로 맞대면 할 정도로 친하진 않았던 까닭이다.

"이번에 제 호위를 위해 교에서 일단의 인원이 나온다고 해요. 정확한 인원은 알 수 없으나 표국에서 머물 수 있거나, 자유롭게 드나들 수 있도록 해주세요."

"흠… 하긴 무림의 상황이 좋질 않으니."

고개를 끄덕이지만 마룡도제의 얼굴은 그리 좋지 않다.

사정이야 알겠지만 표국에 무림 세력의 무인들이 늘어나는 것이 결코 좋은 일은 아니기 때문이다.

그런 마룡도제의 표정을 읽은 단리비가 먼저 입을 연다.

"만약의 경우가 아니라면 다른 사람들의 눈에 띄지는 않도록 하지요. 호위를 위해서 온 만큼 큰 문제를 일으키진 않을 겁니다."

"흠… 그럼 그리 알고 준비를 하도록 하지. 다른 사람들의 오해를 사지 않으려면 어찌되었건 표국 안에 있는 것이 좋겠지. 거처는 최대한 가까운 곳으로 준비시키겠네."

"감사합니다."

"그보다 선휘는 아직도 매일 폐관실로 향하는 건가?"

그의 물음에 단리비는 고개를 끄덕였다.

"걱정이로군. 이런 식의 폐관은 결코 자신에게도 좋지 않은데 말이야. 될 수 있으면 말려 줬으면 좋겠군."

"제 말을 들어야 말이죠."

짧은 대답 안에 들어있는 그녀의 고충에 마룡도제는 고개를 끄덕인다.

하긴 말린다고 해서 들을 그녀도 아닐 것이다.

그렇게 마룡도제와의 짧은 대화를 마치고 삼일 뒤.

호위를 위한 추가 인력이 항주에 들어섰다.

"광혈도(狂血刀) 초지량이 아가씨를 뵙습니다!"

보무도 당당하게 들어와 허리를 숙이는 광혈도와 서른에 달하는 자색만마대원들을 보며 단리비가 눈썹을 찡그린다.

광혈도가 자신의 말을 잘 들어주는 사람이지만 반대로 항상 문제를 일으키고 다니는 사람이기 때문이다.

조용히 있어야 하는 지금 상황에서 잘 맞질 않는 사람인 것이다.

그런 그녀의 얼굴 표정을 읽지 못한 것인지 광혈도의 얼굴엔 웃음이 가득하다.

사실 신교 내부에서도 그녀를 졸졸 따라다니는 광혈도에 대해 이야기가 많았었다.

나이 차가 제법 나는 그가 그녀를 따라다니는 다는 것 자체가 이상하게 여겨지는 것은 어쩌면 당연한 일이었다.

하지만 정작 광혈도는 그런 소문을 신경 쓰지 않았다.

사람들의 말처럼 그녀를 사랑하기에 쫓아다니는 것이 아니었으니까.

어린 시절 불의의 사고로 죽은 여동생의 모습을 그녀에게서 보게 되었고 그 순간 단리비의 오빠 역할을 자처하며 쫓아다니게 된 것이었다.

참 기묘한 인연이지만 단리비도 무공에 집중하던 시설 다른 사람들의 접근을 막아주는 그에게 고마움을 느꼈던 것도 사실이다.

굳이 따지라면 나쁜 인연은 아니었다.

"일단… 휴식을 취하세요. 방이 준비되어 있으니 쉬는 데 불편한 것은 없을 겁니다."

"예!"

힘차게 대답하며 기다리고 있던 하인들의 뒤를 따라가는 광혈도들을 보며 단리비가 한숨을 내쉬며 어느새 곁에 나타난 수라검영에게 물었다.

"문제없겠죠?"

"…최선을 다하겠습니다."

수라검영도 확신을 할 수 없었다.

그만큼 광혈도가 어디로 튈지 누구도 모르는 것이다.

걱정처럼 문제가 터지는 덴 많은 시간이 필요하지 않았다.

그것도 최악의 상대와.

†

쾅-!

쩌정! 쩍-!

굉음과 함께 부서져 나가는 담벼락!

갑작스런 상황에 일을 하고 있던 인부들이 비명을 내지르며 사방으로 피신을 하고, 뒤늦게 상황을 파악한 표두와 표사들이 빠르게 달려온다.

하지만 곧 자신들이 쉬이 나설 수 없는 상황임을 깨달은 표두 하나가 재빨리 마룡도제에게 도움을 요청하기 위해 움직인다.

카캉! 캉-!

검과 도가 부딪칠 때마다 손을 통해 전달되는 강한 힘에 오랜만에 진양표국을 찾은 남궁연호의 얼굴이 일그러진다.

"이곳은 마두 따위가 드나들 수 있는 곳이 아니다!"

"무슨 헛소리냐! 정파 놈들 치고 제대로 된 대가리가 달린 놈이 없음이로구나!"

남궁연호의 검을 부딪치고 있는 도의 주인은 광혈도였
다.

필요한 것이 있어 시장을 보고 돌아오는 와중에 진양
표국의 정문에서 남궁연호와 부딪친 것이다.

숨긴다고 숨겼지만 완전히 숨기지 못한 마기를 남궁연
호가 읽어냈고, 짧은 언쟁 속에 결국 서로 부딪치게 된 것
이었다.

쩌저적!

도기에 바닥이 쩍하고 갈라지고 검기에 담벼락에 크나
큰 상처가 남겨진다.

두 사람의 싸움에 표국 밖에서 무슨 일인가 싶어 기웃
대는 사람들이 생길 정도였다.

"정문을 닫아라!"

"정문을 닫아라!"

때마침 그것을 눈치 챈 표두 하나가 재빨리 외치자 인
근에 있던 표사들이 발을 놀려 빠르게 정문을 걸어 잠근
다.

임시 조치이지만 그것만으로도 충분했다.

마룡도제가 온다면 지금의 상황을 제압 할 수 있을 것
이란 믿음이 있기 때문이었다.

그것이 사실이기도 했고.

"멈춰라!"

콰쾅-!

쩌렁한 외침과 함께 무기를 휘두르는 두 사람의 사이에 정확하게 내려선 마룡도제의 양손이 두 사람을 향한다.

터텅! 텅!

짧은 순간 정확히 둘의 가슴을 밀어 치며 싸움을 중단시키는 마룡도제!

"이게 무슨 짓인가!"

남궁연호에 대해선 알지 못하는 마룡도제기에 그나마 안면이 있는 광혈도를 보며 꾸짖자 광혈도는 혀를 차며 도를 집어넣었다.

"먼저 시비를 건 것은 저쪽입니다. 필요한 물건이 있어 사러 갔다가 오다가 이런 상황이 됐습니다. 어찌되었건 죄송합니다."

고개를 숙이는 광혈도.

비록 소속은 다르다 하나, 같은 마인이고 자신보다 까마득한 윗줄에 있기에 광혈도는 어렵지 않게 고개를 숙일 수 있었다.

그 와중에 이곳에서 쫓겨 날 수도 있다는 생각을 한 것도 있지만.

그러자 이번엔 마룡도제의 시선이 남궁연호를 향한다.

"그대는 누구이기에 본 표국에서 소란을 일으키는 것인가?"

정황상 소문으로 듣던 마룡도제임을 확신한 남궁연호는 재빨리 검을 집어넣고 포권을 취하며 인사했다.

"말초 후배가 마룡도제 선배님을 뵙습니다. 남궁연호라 합니다."

"남궁?"

남궁연호라는 이름보다 남궁이라는 성씨가 먼저 귀에 박힌다.

당연한 일이다.

무림에 발을 담근 자 치고 남궁세가의 이름을 모르는 자는 없었으니까.

"남궁세가의 인물이 이곳엔 무슨 일이지?"

놀란 것도 잠시.

냉정한 얼굴로 묻는 마룡도제.

진양표국의 거래처 중에는 분명 남궁세가가 존재하는 것이 사실이지만, 그 규모는 그리 크지 않기에 세가의 인물이 그것도 직계가 찾을 정도는 아니었다.

'분명 탕검(宕劍)이라 불리었던가?'

그제야 남궁연호에 대해 떠오르는 마룡도제.

38

하지만 그것이 전부일 뿐 자세한 것에 대해 알고 있는 것이 없었다.

'왜 이런 사내가 탕검이라 불렸던 것인지 알 수 없군.'

이전 남궁연호를 본 적이 없지만 지금 보이는 모습은 상당한 실력을 갖춘 후기지수였다.

왜 탕검이라 불렸던 것인지 이해 할 수 없을 정도로 말이다.

그런 마룡도제의 마음을 모르고 남궁연호는 계속해서 입을 열었다.

"국주님을 뵙고자 합니다. 자세한 것은 그곳에서 이야기를 해드려도 괜찮겠습니까?"

"흠… 국주님께선 지금 출타 중이시다."

"그렇다면 기다리도록 하겠습니다."

정중히 고개를 숙이는 남궁연호.

하지만 끝까지 광혈도와 왜 싸운 것인지 이야기를 하지 않는 그를 보며 혀를 찬 마룡도제가 주변에 몰려든 표두들 중 한 사람에게 이야기했다.

"자네가 빈방으로 안내하게. 그리고 문을 열고 다시 작업을 시작하게나!"

"예!"

곳곳에서 기다렸다는 듯 대답을 하며 일사분란하게 움직이기 시작했고, 남궁연호가 표두의 안내를 따라 사라진다.

"자중하게. 무슨 이야기를 들어도."

"죄송합니다."

머리를 긁적이며 사과하는 광혈도에게 고개를 흔들어준 마룡도제는 다시 업무를 위해 자리를 떠났고, 광혈도는 잠시 남궁연호가 사라진 곳을 바라보다 작은 한숨과 함께 자신의 거처로 발걸음을 옮겼다.

"잔소리 좀 듣겠네…."

결국 그날 온 종일 광혈도는 단리비에게 잔소리를 들어야 했고, 남몰래 남궁연호에게 이를 갈았다.

†

"침착해라. 몸 내부를 관찰하는 것이 먼저다."

"예."

"우리의 몸은 소우주와 같음이니 그 가능성은 무궁무진하지만 반대로 말하면 알고 있는 것이 거의 없다는 것과 같다. 네 몸은 이제 완벽하게 회복되었으니 남은 것은 내공을 다시 일깨우는 것뿐. 그것만큼은 누구도 가르침을 내릴 수 없는 것이니 너 스스로를 관조하며 지켜보아야 할 것이다."

무명 노인은 엄한 얼굴로 그리 말하곤 자리에서 일어섰다. 더 이상의 가르침은 득이 될 것이 없다는 판단에서였다.

"당분간은 다른 것은 하지 않아도 좋으니 네 몸을 관조하는 것에 집중해라."

"감사합니다."

"됐다."

손을 흔들며 방을 빠져나가는 무명 노인을 보며 태현은 조용히 고개를 숙이고선 천천히 가부좌를 틀고 눈을 감았다.

천천히.

아주 천천히 무아지경에 빠져든다.

낡은 문틈으로 그 모습을 몰래 지켜보던 무명 노인은 작은 미소와 함께 발걸음을 옮긴다.

"어디보자."

휙-.

잠시 먼 곳을 바라본다 싶더니 순식간에 몸을 날리는 무명 노인!

그의 신형이 마치 새라도 되는 듯 허공을 유유히 가르며 목적한 곳을 향해 날아간다.

경공이라 불러야 할지 신법이라 불러야 할지.

대체 뭐라 불러야 할 것인지 알 수 없는 그것을 너무나 편안한 얼굴로 발휘한 노인이 향한 곳은 거처에서 얼마 떨어지지 않은 다른 산봉우리였다.

그렇지 않아도 거처 주변의 산들은 하나 같이 험한데 노인이 향한 산봉우리는 그런 산들 중에서도 최고였다.

우뚝 솟은 산의 깎아지는 절벽.

동물조차 가는 것을 꺼릴 정도로 험한 절벽을 한참 오르고 나서야 도착 할 수 있는 봉우리에 어렵지 않게 도착한 노인의 시선이 주변을 살핀다.

봉우리의 끝에는 의외로 약간의 공간이 만들어져 있었는데, 그 중심에 크지 않은 연못이 자리를 잡고 있었다.

이런 곳에 연못이 있다는 것이 신기하지만 익숙한 듯 다가선 노인이 연못 안을 바라본다.

참방.

검은 형체의 무언가가 슬쩍 모습을 드러냈다가 사라진다.

"허허, 안됐지만 우리의 인연은 여기까지인 모양이다."

휘휙.

짧은 말과 함께 손을 휘젓는 노인.

그러자.

첨벙!

놀랍게도 물속에서 어른 팔뚝만한 물고기가 퍼덕거리며 노인의 손으로 빨려들어간다.

칠흑 같이 어두운 몸체에 두 눈마저 검은.

어디하나 다른 색이 없는 놈은 연신 펄떡이며 노인의 손을 벗어나려 했지만 손에 들어온 녀석을 놓칠 노인이 아니었다.

"미안하다."

짧은 사과와 함께 가볍게 빈손으로 놈의 머리를 치자 곧 축 늘어지는 물고기.

"만년흑영리(萬年黑泳鯉)의 피와 내단이라면 단단히 뭉친 내공을 자극시키기에 부족함이 없지. 그렇지 않아도 과한 내공에 반해 그릇이 완성되지 않아 일어났던 문제지만 이젠 그릇이 완성되었음이니 이것으로 뭉친 내공이 터져 오르겠지."

웃는 무명 노인.

이미 태현이 겪고 있는 문제의 해결책을 알고 있음에도 불구하고 그가 태현에게 그 사실을 말하지 않은 것은 이번 일을 통해 태현이 깨달음을 얻었으면 하기 때문이었다.

완성된 육체와 넘치는 내공만으로도 무림에 우뚝 서겠지만 그 이상을 지금 바라는 것이다.

"진정한 무(武)란 끊임없는 관찰과 자신과의 싸움으로 완성된다. 끝이 존재치 않는 그곳에서 얼마나 많은 것을 얻을 수 있을 것인지 벌써부터 궁금해지는 구나… 후후후. 하늘의 연이 아니었다면 이런 재미를 기대 할 순 없었겠지."

문뜩 하늘을 바라보던 노인이 다시 몸을 날려 움직인다.

하루하루 명상을 하며 보내게 된 것도 열흘.

짧다면 짧고, 길 다면 긴 시간 태현이 얻은 소득은 결코 작지 않았다.

비록 내공을 움직이는 것은 실패했지만 자신을 관조하고 과거의 경험을 떠올리는 것으로 그동안 생각지 못했던 것들을 다시 알 수 있었고, 무공에 있어서도 새로운 깨달음을 얻을 수 있었다.

그렇게 열하루가 되는 날 아침 무명 노인이 태현을 불렀다.

"부르셨습니까."

"그래, 자신을 천천히 되돌아보니 어떠하더냐?"

44

"음… 짧게 설명할 순 없습니다만 많은 것을 얻을 수 있었습니다. 그동안 제가 미미했던 부분이라던지, 부족했던 것들. 여러 가지로 얻은 것이 많았던 것 같습니다."

한결 편해진 얼굴로 이야기를 하는 태현.

그동안 말하진 않았지만 얼굴 한 구석에 보였던 조급함이 완전히 사라진 모습을 보며 무명 노인은 웃으며 품에서 검은 환 하나를 꺼낸다.

"그동안 만든 것이다. 이것으로 네 몸은 완전히 치유되겠지만 그 과정에서 많은 고통이 따를 것이야. 그 과정에서 네가 무엇을 얻든, 무엇을 잃든 그것은 네 몫이 되겠지."

"이건…?"

"만년흑영리로 만든 환이다."

"만년흑영리요?"

처음 듣는 이름에 태현의 얼굴에 궁금증이 떠오른다.

천기자를 통해 수많은 지식을 쌓은 태현으로서도 난생 처음 들어보는 이름이었던 것이다.

"무림에 잘 알려지지 않은 녀석이지. 그냥 귀한 놈에게서 만든 것이라 생각하면 된다."

조용히 환을 바라보던 태현이 돌연 자리에서 일어서더

니 곧 무명 노인을 향해 천천히 절을 올리기 시작한다.

일배, 이배, 삼배.

도합 구배의 절을 말없이 올린 태현.

"제 목숨을 구해주셨을 뿐만 아니라 수많은 것을 베풀어 주심이니 제가 무엇으로 감사의 표시를 해야 할지 모르겠습니다. 하지만 제가 살아있는 한 사부님으로 모시겠습니다."

"부모도 아니고 사부라?"

"사부님께서 말씀하시길 부모는 세상에 하나 뿐인 존재이지만 사부란 존재는 언제든 늘어날 수 있다 하셨습니다. 그렇기에 중요한 것은 저 자신의 마음가짐이라 하셨습니다. 군사부일체(君師父一體)라 했음이니 제가 정성을 다한다면 충분하다 생각합니다."

태현의 말에 무명 노인은 빙긋 웃었다.

갑작스런 행동에 살짝 놀랐지만 결국 만족한 것이다.

겉으로 그 표정이 드러날 정도로 말이다.

"후후, 아무래도 우린 해야 할 이야기가 많을 것 같구나. 하지만 그 전에 먼저 이것을 취해야 할 것이다. 이것을 취하면 그 힘은 어마어마한 것이라 이를 악물어야 할 것이다. 정신을 잃는다면 그 뒤는 이야기 하지 않아도 되겠지?"

"…최선을 다하겠습니다."

굳은 표정의 태현을 보며 무명 노인은 웃으며 환을 내밀었고, 그것을 받은 태현은 곧장 자신의 방으로 건너가 환을 집어 삼켰다.

어쩌면 이것이 자신에게 주어진 마지막 기회라 생각하며.

"후… 반드시. 돌아간다."

꿀꺽!

검은 환은 입에 들어가자마자 마치 물처럼 빠르게 녹더니 목으로 넘어가버린다.

그 순간.

두근!

강하게 요동치는 심장 박동과 끓어오르는 체온!

온 몸의 기운들이 날뛰기 시작했다.

'정신 차려야 한다!'

어느새 마당으로 나온 무명 노인은 거처에서 느껴지는 기의 폭풍에 만족스런 미소를 지으며 벼랑 끝으로 발걸음을 옮긴다.

익숙한 듯 그곳에서 산 밑을 내려다보는 노인.

"세상에… 다시 나가게 될 줄은 몰랐군. 이 모든 것이

하늘의 안배인 것이지. 그보다 그 멍청한 녀석이 어떻게
나올 지 그것이 걱정이로군."

무림에서 유일하게 자신과 이야기를 나눌 지위에 오른
한 사람을 생각하며 무명 노인.

아니, 무신(武神) 곽태환은 웃었다.

N E O   O R I E N T A L   F A N T A S Y   S T O R Y

第 3 章.

亂俠武林 난검두림

第 3 章.

무명 노인.

아니, 무신 곽태환이 태현에게 내린 처방은 간단하게 생각하면 물이 가득 담겨 부풀어 오른 주머니에 더 많은 물을 부어 주머니를 터트려 버리는 것이다.

그렇게 함으로서 단단하게 뭉쳐 움직이지 않던 내공을 강제로 움직이게 하는 것이다.

그 과정에서 조금만 실수를 하면 주화입마 그 이상의 상처를 입으며 태현이 다시 일어 설 수 없겠지만, 능히 고통을 이겨 낼 수 있을 것이라 무신은 믿어 의심치 않았다.

이미 쏟아지는 물을 담을 그릇은 완벽하게 완성된 상태.

무신이라 불리는 그의 눈으로 보았을 때 자신이 만나기 전의 태현은 균형이 잡히지 않은 무인이었다.

막대한 내공을 다룰 수 있는 그릇인 육체가 완성되지 않았을 뿐만 아니라, 기초를 충실이 다졌다곤 하지만 전체적인 균형이 맞질 않았다.

그리고 그 원인을 태현을 치료하며 찾을 수 있었는데.

어린 시절부터 집중적인 교육을 받으며 과도할 정도로 섭취한 영약이 문제의 원인이었다.

자신도 모르는 사이에 온 몸에서 힘이 넘쳐나니 육체적 그릇이 완성되기 전부터 익숙해져버린 것이다.

그러다보니 자연스럽게 완성되지 않은 육체임에도 불구하고 완성된 것처럼 생각되었던 것이다.

치료를 하는 과정에서 태현의 육체를 한계까지 몰아세우며 단련한 이유도 바로 거기에 있었다.

균형 잡힌 몸.

쉽게 넘어 갈 수 있지만 무인의 기본이 되어야 할 균형이기에 무신은 그것을 강제로 육체에 심어 놓은 것이다.

그 덕분인지 어마어마한 내공의 흐름 속에서도 태현은 이를 악물도 버틸 수 있었다.

52

자신을 중심으로 태풍이라도 부는 느낌이지만 시간이 지날수록 조금씩 자신의 뜻에 따라 움직이는 기운이 늘어나기 시작했고, 점점 편해지기 시작했다.

하지만 긴장을 풀진 않았다.

이것이 태풍의 눈에 들어섰을 때의 고요함이란 것을 눈치 챈 것이다.

그리고 폭풍이 시작되었다.

우드득-!

콰드득!

귀 옆에서 들리는 것 같은 어마어마한 굉음과 함께 온몸을 찢어 놓을 것 같은 고통이 몰려들었다.

으득!

'난… 난 해낼 수 있다!'

끝없이 되뇌이며 이를 악문다.

†

"정말 오랜만이로군. 건강해 보여서 다행일세."

"국주님도 건강해 보이셔서 다행입니다."

표국으로 돌아온 허무선은 남궁연호를 반갑게 맞이했다.

어렵던 표국이 다시 일어설 때 도움을 주었을 뿐만 아니라 짧았지만 표사로 일을 했었으니 반갑지 않을 수 없었다.

그런 그의 환대에 남궁연호 역시 반가운 미소를 지었다.

달칵.

시비가 차를 내놓고 집무실을 벗어나자 그제야 남궁연호가 입을 열었다.

"멀리서나마 소문으로 진양표국이 크게 일어섬을 기뻐하고 있었습니다. 뒤늦게라도 축하드립니다."

"허허, 자네도 본 표국을 돕지 않았던가. 자네가 아니었다면 우리가 다시 일어서는 데는 더 많은 시간이 걸렸을 것이네."

"제가 한 것이 있어야죠."

"후후, 겸손하긴. 그래 날 보자고 한 이유는 무엇인가? 남궁세가와의 거래는 적지만 최선을 다하고 있는 중이네만?"

"거래를 위해 온 것은 아닙니다."

남궁연호의 말에 의문스런 눈으로 그를 바라보는 허무선.

"정식으로 매파를 넣고 싶습니다."

"허!"

갑작스런 남궁연호의 말에 허무선의 입이 떡 벌어진
다.

"갑작스런 말씀이라 놀라실 것이라 생각됩니다만, 이
것은 제 진심입니다. 과거 탕검이라 불릴 정도로 방황했
던 저를 다시 일으켜 세워 준 것은 허유비 소저 입니다.
진양표국에서 일을 하기 시작했던 것도 결국 허유비 소저
를 조금이라도 더 가까운 곳에서 만나기 위함이었습니
다."

"허…"

"그날 표국을 떠난 뒤 곧장 세가로 돌아가 수련에 매달
렸습니다. 허유비 소저에게 부끄럽지 않은 남자가 되기
위해. 혼약이 자유롭지 못한 세가에서 제 뜻대로 움직이
기 위해서 말입니다."

"잠깐, 잠깐."

재빨리 손을 휘저어 남궁연호의 말을 중단시키는 허무
선.

당당함을 드러내고 있는 남궁연호의 얼굴을 보며 크게
한숨을 내쉰 허무선은 식은 차를 단숨에 들이키곤 입을
열었다.

"그러니까… 우리 유비와 결혼을 하고 싶다는 것인
가?"

"예. 정해진 혼처가 없다면 그리하고 싶습니다. 이미 세가에는 제 뜻을 알렸고, 국주님의 허락만 떨어진다면 즉시 세가의 매파가 정식으로 이곳으로 오게 될 겁니다."

"허허, 세가의 어르신들이 허락을 했단 말인가?"

허탈하게 웃으면서도 놀라는 허무선.

남궁세가와 같은 명문가에선 태어나기 전부터 이미 혼약처가 정해져 있는 경우가 대다수다.

한번 정해진 약속은 특별한 일이 없는 한 반드시 이행되어 왔고, 그것은 하나의 전통이나 마찬가지였다.

그런 상황에서 남궁연호가 허락을 받았다는 것은 놀라운 사실이었다.

아무리 탕검이라 불리며 세가에서 버림받다 시피 했다 하더라도 본래 그는 세가 최고의 기재로 불렸던 사내다.

당연히 혼약처가 정해져 있었다.

"정해진 혼약처가 있었습니다만, 파기하고 오는 길입니다. 얼굴 한 번 보지 못한 사람과 결혼 할 마음은 없습니다. 가문의 어른들을 설득하기 위해 저 나름대로 많은 고생을 했습니다만, 결국 약속을 얻어 낼 수 있었습니다."

"자네가 고생을 했다는 것은 알겠네만… 유비를 줄 순 없네. 비록 무림과 동떨어진 생활을 한다고 할 수는 없네

56

만 될 수 있으면 무림과 관련된 곳으로 유비를 시집보낼 생각은 없다네."

단호한 허무선.

그것은 오랜 시간 표국을 운영하며 무림인들의 생리를 두 눈으로 보아왔기에 굳어진 생각이었다.

언제 목숨을 잃을지 모르는 위험한 삶을 살아가는 무인에게 시집을 보내는 것 보단 제대로 된 학사 가문에 시집을 보내어 오랜 시간 잘 먹고 잘 살게 하는 것이 허무선의 꿈인 것이다.

"걱정하시는 것도 당연하다 생각합니다. 도산검림(刀山劍林)을 살아가는 무인들은 오늘 살아있어도 내일 살아 있을 것이라 장담 할 수 없으니까요. 하지만 전 살아남을 자신이 있습니다."

"누구든 말은 할 수 있는 법이네."

"행동으로 보여 드리겠습니다. 그러기 위해 다시 수련을 한 것이고, 소정의 결과도 얻었으니까요."

"난 무림에 대해 잘 모르네. 자네가 결과를 얻었든 그렇지 않든 나완 무관한 일. 내 딸은 내어 줄 수 없네. 먼 길을 왔을 테니 충분히 쉬고 돌아가게."

말과 함께 자리에서 일어서며 무언의 축객령을 내리는 허무선을 보며 남궁연호는 작은 한숨과 함께 일어섰다.

"전 포기하지 않습니다."

"나 역시."

남궁연호가 고개를 숙이고 방을 빠져나가자 표정 변화가 없던 허무선의 얼굴에 허망함이 서린다.

"허…! 그러고 보니 유비가 벌써…."

사실 그동안 유비에 대한 매파가 몇 번이고 날아들었지만 받아들인 적은 한 번도 없었다.

상대가 부족해서가 아니라 아직 시집 갈 때가 되지 않았다고 생각했기 때문이었다.

그렇게 생각하고 있었는데 막상 눈앞에서 딸을 달라는 남자가 나타나니… 많은 생각이 머릿속을 교차한다.

자리에 앉은 채 수많은 생각을 하던 그는 결국 자리에서 일어나 부인이 있는 곳으로 발걸음을 옮긴다. 혼자서 내릴 결정이 아니라 생각한 것이다.

다음날부터 남궁연호는 쉬지 않고 틈이 날 때마다 국주를 만나서 설득했다.

물론 허무선은 그때마다 거절 했지만 남궁연호는 포기하지 않았다.

만나주지 않아도 되지만 그의 소속이 남궁세가다.

아무리 진양표국이 커졌다곤 하지만 남궁세가를 무시할 순 없는 것이다.

58

게다가 기다렸다는 듯 남궁세가에서 거래 물량을 대폭 늘려오기 시작했다.

그렇게 남궁연호가 국주에게 매달리는 동안 정작 당사 자인 허유비는 진양표국을 떠나 할아버지 댁에 가 있던 덕분에 이런 소동을 모르고 있었다.

새벽부터 눈을 뜬 단리비는 간단하게 몸을 정리하고 곧장 선휘의 방으로 향한다.

해가 어렴풋이 떠오르는 새벽녘이지만 이 시간쯤에 폐관실로 향한다는 것을 알기에 선휘를 놓칠까봐 단리비의 발걸음이 절로 빨라진다.

때마침 선휘가 방에서 나오고 있었다.

"오늘은 나 좀 봐."

단리비의 말에 무표정한 선휘의 시선이 그녀를 향한다.

말을 놓을 정도로 친해졌다고 생각했건만 무표정한 그녀의 시선에 가슴이 답답해져 온다.

하지만 단리비는 이를 악물고 그녀의 손을 붙들어 방 안으로 향했다.

털썩.

강제로 자리에 앉힌 뒤 자신 역시 마주 앉고 나서야 단리비는 입을 열었다.

"적당히 해. 그 놈 소식이 없어서 답답한 것은 알겠는데 이건 아냐. 이대로라면 네 몸을 망치는 것 밖에 안 돼! 너도 이젠 알고 있잖아?"

"……."

"그렇게 해서 나중에 진짜 태현이 돌아왔을 때 힘이 될 수 있다고 생각해? 천만에! 망가진 몸을 회복할 때까지 짐이 될 수밖에 없을 거고, 그 생각에 무리하다가 결국 진짜 민폐만 끼치겠지!"

"그만해!"

"그래! 말 잘했다. 언제까지 입 다물고 현실을 외면하면 될 거라고 생각했어? 그런 식으로 수련한다고 해서 강해 질 수 있다고 생각하는 거야? 천만에!"

"닥쳐!"

강하게 소리 지르는 선휘.

그 소리에 단리비는 이를 악물곤 자리에서 일어섰다.

"보여주지. 힘의 격차를!"

사람들의 발길이 거의 닿질 않는 연무장으로 발걸음을 옮긴 두 사람이 마주 선다.

"그런 식으로 수련 해봐야 얻을 수 있는 것이 없다는 걸 보여주지. 덤벼. 네가 이기면 더 이상 참견하지 않겠지

60

만 내가 이긴다면 내 말을 따라줘야 하겠어.”

으득.

단리비의 말에 이를 악문 선휘가 검을 뽑아든다.

손에 익숙해질 대로 익숙해진 백룡검.

떠오르는 태양에 반사되며 빛을 반짝이는 백룡검을 보며 단리비 역시 내공을 끌어올린다.

우웅.

서서히 투명해지는 두 손.

소수마공(素手魔功)이 운용되며 그녀의 몸 주변으로 차가운 기운과 함께 마기가 흐른다.

서로를 바라보는 시선이 점차 날카로워질 때.

선휘가 먼저 움직인다.

스팟.

눈 깜짝 할 사이 눈앞에서 사라진 선휘의 신형이 다시 모습을 드러낸 곳은 좌측 상단.

허공을 가르며 쏟아지는 칼날이 날카롭지만.

단리비는 어렵지 않다는 듯 상체를 비스듬히 돌리더니 손을 뻗어 백룡검을 손등으로 쳐낸다.

땡!

그 순간 어느새 그녀의 하체가 발끝으로 회전을 하더니 선휘를 정면으로 보며 오른발이 예리하게 솟구쳐 오른다!

퍼억!

발바닥이 정확이 선휘의 복부를 파고든다.

"윽!"

어느새 왼손으로 발을 막으며 충격을 분산한 선휘가 신음과 함께 뒤로 물러서고, 틈을 놓치지 않고 단리비가 따라 붙는다.

쩌정!

쩌저적!

선휘의 검이 휘둘러지자 연무장 바닥이 갈라지고, 단리비의 장풍에 연무장이 얼어붙는다.

이 싸움이 끝나고 나면 연무장은 제 기능을 잃어버릴 것이 분명했지만 지금의 둘에겐 그런 것은 아무래도 상관없었다.

스컥.

백룡검이 앞 머리카락을 몇 올 자르며 나는 소리가 섬뜩하건만 단리비의 움직임엔 거침이 없다.

반 보 앞으로 내딛음으로서 자신의 권역으로 선휘를 끌어들인 그녀의 양손이 현란하게 움직이며 선휘의 눈을 어지럽힌다.

몸을 죄이는 마기는 몸을 둔하게 만들지만 선휘 역시 천마신교에서 수많은 비무를 이어가며 마인들과 싸우는

62

방법을 터득했기에 어렵지 않게 그녀의 마기에서 벗어나며 몸을 뒤로 뺀다.

하지만 그것을 두고만 보고 있을 단리비도 아니었다.

어느새 바짝 그녀의 품으로 파고들며 팔을 휘두른다.

쩌저적!

그녀의 손을 막자 어마어마한 음기와 함께 큰 충격이 선휘를 뒤흔든다.

우우웅!

다급히 내공을 끌어올려 기운에 대항하며 다시 한 번 다가오는 그녀의 손을 상체를 흔들며 옆으로 피해낸다.

짧은 순간 연신 이어지는 공격을 피해내느라 어느새 그녀의 등엔 식은땀이 가득하다.

비무라기 보다 생사투에 가까울 정도로 두 여인은 거침없었다.

조금의 실수만 있어도 목숨을 위협 할 수 있는 상황임에도 불구하고 말이다.

터텅!

"큭!"

신음과 함께 뒤로 밀려나는 선휘.

한 번 흘러간 승기는 쉽게 돌아오지 않는다.

"봐! 네가 얼마나 약해졌는지! 얼마 전까지 이런 공격을 잘 도 피해냈었는데 왜 지금은 못하는 거지?! 이것도 피해봐!"

우웅–!

단리비의 외침에 이를 악무는 선휘의 눈에 수도 없이 많은 나비들이 날아든다.

눈을 속이는 나비.

하지만 그 하나하나엔 막대한 힘이 실린.

소수마공 특유의 공격.

'눈에… 보이는데 왜!'

억울했다.

눈에 하나하나 보이는 공격이지만… 몸이 따라주질 않았다.

얼마 전까지만 해도 충분히 피해 낼 수 있었던 것이지만 지금은 불가능할 것 같았다.

"아아악!"

소리를 내지르며 앞으로 달려드는 선휘!

피할 수 없다면 쳐내면 된다.

어느새 백룡검에 가득 몰린 기는 검강을 토해내고.

그것을 확인한 단리비의 눈에서 불꽃이 튄다.

"멍청한!"

쩡!

그녀의 손이 완전히 투명해진 그 순간.

"거기까지."

콰콰쾅-!

두 사람의 사이를 가로지르며 지나가는 도강(刀罡)!

언제 나타난 것인지 마룡도제가 두 사람의 사이에 서 있었다.

이른 아침부터 느껴지는 강력한 기운에 다급히 달려왔지만 조용히 싸움을 지켜보던 그였다.

더 이상은 목숨이 위험해질 것 같아 결국 나선 것이다.

"이만하면… 알아들었겠지."

저벅저벅.

두 사람의 싸움을 멈춘 마룡도제는 잠시 선휘를 바라보다 발걸음을 옮겼고, 단리비 역시 그녀를 바라보다 등을 돌린다.

카캉.

힘없이 떨어져 내리는 백룡검.

"으… 으아아아!"

홀로 남은 연무장.

그곳에서 선휘가 무너져 내린다.

몇 벌 안 되는 옷가지가 전부인 단출한 짐.

"자, 이제 가자꾸나."

무명 노인. 아니, 무신의 말에 태현은 고개를 끄덕이며 어느새 다가와 부리를 비비고 있는 괴조의 등에 올라탄다.

"가자."

무신이 가볍게 두드리자 알아들은 듯 괴조가 커다란 날개를 펼치며 하늘로 날아오른다.

끼아아악!

우렁찬 울음소리와 함께 하늘 높이 날아오른 괴조는 빠른 속도로 동남쪽을 향한다.

펄럭, 펄럭.

옷자락이 휘날리는 소리만 요란한 가운데 어느 정도 괴조가 속도를 유지하는 것 같자 무신이 뒤를 돌아본다.

익숙하지 않은 듯 불편해 보이는 태현의 얼굴을 보며 웃음을 지은 그가 먼저 입을 열었다.

"그리 불편하게 있을 필요 없다. 영리한 녀석이라 떨어 트리지 않을 테니까."

"그래도… 긴장 되는 건 어쩔 수 없는 것 같습니다."

"허허허. 하긴 나도 처음 이 녀석을 만나 올라탔을 때는 꽤나 긴장했었지."

끼아아아!

맞다 며 소리를 내지르는 괴조의 등을 두드려준 무신은 다시 태현을 보며 말했다.

"헌데 왜 하필이면 항주로 가는 것이냐?"

"전에도 말씀드렸다시피 그곳에서 절 기다리고 있는 사람들이 있을 것입니다. 오랜 시간 걱정을 끼친 만큼 하루라도 빨리 걱정을 덜어주는 것이 좋을 것이라 생각했습니다."

"흠. 일단 네 뜻대로 하자꾸나. 나도 오랜만의 무림행인지라 주변을 둘러볼 필요가 있을 듯하니."

"괜히 저 때문에 세상에 나오시는 것이 아닌가 싶습니다, 사부님."

"허허, 괜찮다. 이것 역시 내가 지고 가야할 업인 것이지."

고개를 숙이며 말하는 태현에게 웃어 보인 무신의 시선이 멀리 구름 너머로 향한다.

복잡해 보이는 눈빛에 태현은 조용히 입을 다물었다.

한참의 침묵이 흐른 끝에 무신이 입을 열었다.

"내가 세상에 나간다는 것은 좋든 싫든 여러 가지 문제로 얽히게 될 것이다. 그것은 너 역시 마찬가지겠지. 하지만 그 소란 속에서 넌 성장해야 한다. 놈을 막을 수 있는 것은 오직 한 사람. 너 뿐일 테니."

"놈… 이라 하시면?"

조심스런 태현의 물음.

그 물음에 무신은 잠시 머뭇거리다 답했다.

"내 아들."

깜짝 놀라는 태현을 보며 무신은 곧 바로 말을 이었다.

"젊은 시절 좋은 여자를 만나 아들을 낳았고, 재능이 비범치 않아 대단히 기뻤었지. 하지만 그 재능이 결국 문제가 되었던 것이야."

"문제라 하시면?"

"당시 무림에서 빠른 속도로 이름을 높여가던 나와 척을 진 문파가 적지 않았고, 놈들이 결국 내가 없는 사이 집을 노렸던 것이지. 서둘러 돌아왔지만… 내가 사랑했던 여인은 죽임을 당했고 아들은 납치당해 사라졌더군. 미친 듯 찾아다니면서 결국 찾았지만… 때는 이미 늦어 있었지."

쓰게 웃는 무신.

지금은 이렇게 덤덤히 말을 하고 있지만 당시엔 목숨

을 끊을 생각까지 했을 정도로 정신적으로 피폐해졌던 그였다.

"목숨을 잃진 않았지만 나와의 신뢰가 깨어져 버렸던 것이지. 결국 성인이 되기 전 녀석은 집을 떠나버렸고 그 뒤로 볼 수가 없었지. 적어도 삼십 년 전까지는 말이야."

"삼십 년 전이라 하시면…?"

"일권무적(一拳無敵) 황여의. 당시 무림에서 녀석이 사용했던 이름이다."

무신의 말이 끝나기 무섭게 태현은 큰 충격을 받았다.

설마하니 이런 식으로 인연이 얽혀 있을 것이라곤 조금도 상상해보지 못했기 때문이다.

"놀라는 것도 당연하겠지. 누구에게도 말을 한 적이 없었으니까. 만약… 만약 그때 녀석을 바로 잡을 수 있었다면 이런 사태는 벌어지지 않았을 수도 있겠지만, 뒤늦은 후회겠지."

"왜… 그때 막으시지 않으셨던 겁니까?"

"아들이니까. 새로운 삶을 살아가는 아들의 앞을 막을 수 없었던 것이지. 그 길로 무림을 떠돌다 이 녀석과 인연을 맺고 저 외딴 곳에서 살게 된 것이지."

"허면 무림에 나서시는 이유가…?"

69

"그래. 놈을 막아야 하니까. 솔직하게 이야기해서 놈의 재능은 나를 뛰어넘는다. 마지막으로 봤을 때도 자신의 실력을 숨기고서도 칠성좌의 일인으로 불렸었지. 그랬던 놈이지 지금은 얼마나 강해졌을 것인지 상상조차 되지 않아. 내게 있어 유일한 희망이라면 바로 네가 될 것이다. 녀석의 재능을 까마득하게 넘어서는 너라면 충분히… 놈을 막아 설 수 있을 것이라 생각하니까."

충격적인 이야기였기에 태현은 뭐라 입을 열 수 없었다.

그런 태현의 심정을 이해 한다는 듯 무신은 어깨를 두드려주곤 몸을 돌린다.

혼자 생각할 시간을 주려는 것이다.

그리고… 자신의 복잡해진 마음을 추스를 시간이 필요하기도 했고.

두 사람의 침묵을 뒤로 하고 괴조는 더욱 속도를 높인다.

†

단리비와의 비무 이후 선휘는 더 이상 수련에 몰두 하지 않았다.

몸을 풀어 주는 정도로 움직이기는 했지만 하루의 대

부분을 명상과 마룡도제의 일을 돕는 것으로 보냈다.

얼굴에 그늘이 지긴 했지만 몸을 혹사시키는 수련을 하지 않는 것에 단리비는 만족했다.

당장 그녀에게 필요한 것은 육체적 휴식이기 때문이다.

"그, 그런데 난 왜…!"

부들부들.

온 몸 가득 흘린 땀과 한계에 이른 근육의 혹사로 손끝이 부들부들 떨리는 파설경.

자리에 누워 말을 하는 그녀를 향해 단리비가 단호하게 말했다.

"실력이 부족하면 수련으로 메워야지. 쉬어야 하는 사람이 있고 움직여야 하는 사람이 있는데, 넌 움직여야 하는 사람이야. 그만 쉬고 다시 시작해!"

"…젠장."

투덜대면서도 다시 자리에서 일어나 자세를 잡는 파설경.

이러니저러니 해도 자신에게 부족한 것을 가르쳐 주는 단리비에게 고마움을 가지고 있는 그녀다.

게다가 이번 기회에 부족함을 채워 넣어야 한다는 것을 잘 알고 있었다.

앞으로 어떻게 될지 모르겠지만 든든한 힘이 되어 주려면 실력이 있어야 할 테니까.

"후, 후!"

길게 호흡을 하며 파설경이 다시 땀을 흘린다.

그렇게 그녀가 수련에 열중하는 사이 철혈성의 개파 소식이 항주에 도달했다.

철혈성의 개파대회는 무림 전체에 큰 화재가 되고 있었고, 그 여파로 많은 무인들이 사천으로 몰려들고 있었다.

상품에 눈이 먼 자들이 대부분이지만 그 중에는 철혈성이란 새로운 세력에 대해 궁금증을 드러내는 자들도 있었다.

"무림의 이목을 끄는 데는 성공했네요."

혀를 차며 단리비가 말 하자 이야기를 전달한 수라검영이 고개를 끄덕이며 대답한다.

"이미 많은 무림인들이 사천으로 이동 중이고, 중소 문파에서도 시간에 맞춰 움직이기 위해 부산한 것으로 파악되었습니다."

"그만큼 내건 상품이 화려하니까요."

"군사께서 전하시길 놈들이 개파대회를 개최함으로서 철혈성이 얻을 이득은 상상을 초월 할 것이라 하셨습니다. 또한 이번 일과는 관계되지 말 것을 주문하셨습니다.

천마신교는 철혈성과 관계를 맺지 않을 것이라 하셨습니다."

수라검영의 말에 단리비는 고개를 끄덕였다.

처음부터 적으로 규정된 자들이니 굳이 관련 되어야 할 필요가 없는 것이다.

필요한 정보가 있다면 다른 경로를 통해서 충분히 얻을 수 있다. 굳이 놈들의 장단에 맞춰 움직일 필요는 없는 것이다.

"대막혈사풍은 어찌 됐죠?"

"마무리 작업 중이라 들었습니다. 앞으로 두 번 다시 대막혈사풍이란 이름을 내걸지 못할 겁니다."

"잘됐네요. 북해빙궁은요?"

"교주님께서 직접 움직이신다는 이야기에 본토로 물러선 것 같습니다. 만약을 위해 교의 무인들이 대기 중이긴 하나, 그것도 오래지 않아 끝날 것으로 생각됩니다."

그의 말에 단리비는 고개를 끄덕일 뿐 더 이상 입을 열지 않았다.

비록 무공을 익히는데 자신의 모든 것을 받쳤다곤 하지만 머리가 나쁜 것은 아니었다.

조용히 있던 세외세력이 갑작스레 움직인 이유를 짐작하는 것은 그리 어려운 일이 아니었다.

다만 왜 하필이면 이런 시기였던 것인지 그것이 궁금할 뿐.

하지만 깊게 생각하진 않았다.

지금쯤 열심히 머리를 굴리고 있을 사람이 있을 테니, 굳이 자신까지 신경 쓰고 있을 필요는 없는 것이다.

게다가 당장 그녀의 앞엔 문제가 산적해 있어 그것을 해결하는 것만으로도 머리가 아플 지경이었다.

"그보다 아직도 그는 이곳에서 머물고 있나요?"

"예. 매일 허국주를 찾아가고 있는 것으로 알고 있습니다."

"하아…."

절로 한숨을 내쉬는 단리비.

남궁연호가 표국에 머물기 시작한지 벌써 일주.

그가 머무는 동안 최대한 부딪치지 않으려 하고 있지만 이런저런 일로 부딪칠 수밖에 없었고, 그때마다 광혈도와 각을 세우고 있으니 소란스러울 수밖에 없었다.

딱히 그가 시비를 걸거나 하는 것은 아니지만 정파인 특유의 기질 때문에 마인과는 상성이 맞질 않았다.

그때였다.

"아무래도 가보셔야 할 것 같습니다."

"무슨 일이죠?"

"그분들께서 움직일 준비를 하고 계신 것 같습니다."

수라검영의 말에 단리비가 얼굴을 찡그린다.

최대한 간단하게 챙긴 봇짐을 들고 막 방을 나서려는 선휘의 앞을 단리비가 막아섰다.

"어딜 가려는 거야?"

"…비켜."

차갑게 말하는 선휘를 보며 얼굴을 찡그리는 단리비.

"마음을 알겠지만 지금 움직이면 안 돼. 확률로 따지자면 이곳에서 태현을 기다리는 것이 훨씬 더 나아. 움직이게 되면 오히려 복잡한 상황에 휘말릴 가능성이 높아. 너도 알고 있잖아?"

"그렇다고 허송세월을 보낼 수도 없잖아?"

"하아… 부탁인데. 내 말 좀 들어."

한숨을 내쉬는 단리비를 보면서도 선휘의 눈은 흔들리지 않는다.

이미 굳은 결심을 한 것이다.

그런 그녀의 눈빛을 보며 단리비를 낮게 혀를 찼다.

"어쨌든 안 돼. 지금 네가 나서면 일이 복잡해져."

"다시 말 안 해. 비켜."

"뚫을 수 있다면."

우웅.

어느새 두 사람 사이에서 기 싸움이 벌어진다.

그녀의 상대가 될 수 없다는 것을 알면서도 선휘는 결코 물러서지 않았다.

그리고 그때였다.

"이건 또 무슨 일이야?"

너무나 익숙한 목소리.

수개월을 넘게 기다렸던 그의 목소리에 두 사람의 시선이 빠르게 돌아가고.

그곳엔 태현이 어색한 미소로 자리에 서 있었다.

"사형!"

선휘가 태현의 품에 안겨든다.

第4章.

亂劍武林 난검두림

第 4 章.

"와하하하! 자네가 무사히 돌아와서 얼마나 기쁜지 모르네! 자네가 없는 동안 찬바람이 얼마나 세차게 불던지 말이야!"

잔뜩 술에 취해 붉어진 얼굴로 연신 웃음을 터트리는 허무선 국주를 보며 태현은 웃지 않을 수 없었다.

태현의 무사 귀환은 진양표국의 가려져 있던 어둠을 걷어 내기에 부족함이 없었다.

특히 태현 때문에 마음고생이 심했던 선휘의 경우 태현에게서 조금도 떨어지지 않으려고 하고 있었다. 태현이 당황스러울 정도로 말이다.

그렇다고 떨어트려 놓으려니 당장이라도 울 것 같은 그녀의 얼굴에 태현은 불편함을 감수 할 수밖에 없었다.

잠시 뒤 술기운을 이기지 못한 국주가 방으로 사라지고 나자 그제야 마룡도제가 태현의 앞에 앉는다.

"고생이 많았겠군."

"괜찮습니다. 그보다 선호는 어떻습니까? 시간이 제법 흘렀으니 이제 치료가 되었을 것이라 생각합니다만?"

"하하하, 걱정해줘서 고맙네. 그렇지 않아도 선호의 치료가 막바지에 들었다네. 앞으로 한두 달이면 치료를 마무리 할 수 있을 것이란 그분의 언질이 있었다네."

"처음 이야기 했던 것보단 좀 더 걸리는 군요."

"그만큼 몸이 안 좋았다는 것이겠지. 신의께서도 그 부분에 있어선 미안하다 하시더군. 나로선 시간이 얼마나 걸리든 선호가 건강해지기만 한다면 만족이네만."

"잘 될 겁니다."

그 말에 마룡도제는 웃으며 태현의 어깨를 두드리며 빈 잔에 술을 따른다.

"앞으로 어떻게 할 생각인가?"

"며칠 뒤 사부님께서 이곳으로 오실 겁니다. 사부님께서 오시고 난 뒤 앞으로의 일을 생각해볼 생각입니다."

"사부?"

궁금해 하는 마룡도제에게 태현은 미소만 지어 보일 뿐 따로 대답은 하지 않았다.

"내일이면 알게 되겠지. 그보다 네가 없는 동안 꽤 소란이 있었다. 자세한 것은 이야기하지 않겠지만… 말없이 또 사라졌다간 살림이 남아나질 않겠어."

"예?"

"허허허, 그런 게 있다네."

웃으며 자리에서 일어서는 마룡도제를 바라보는 태현이지만 정작 곁에 앉은 선휘의 얼굴이 붉어졌다는 것은 알아차리지 못했다.

"후… 좋다."

환영회가 파하고 밤이 깊었음에도 잠이 오질 않은 태현이 방 앞마루에 걸터앉는다.

보름달이 크게 떠올라 밤임에도 사방이 훤히 보이고, 살랑살랑 불어오는 바람이 조금 쌀쌀하지만 기분이 좋다.

겨울의 초입임에도 불구하고 항주의 위치 때문인지 아직 춥다는 느낌은 들지 않는다.

몸을 치료하는데 집중하느라 시간이 가는 줄도 몰랐지만 마음 한 구석에 불편함이 있었는데, 오늘 그 불편함이 완전히 사라진 느낌이었다.

그때 선휘가 방에서 나오더니 조용히 태현의 곁에 앉는다.

"왜 안자고?"

"사형은 왜 안 주무세요?"

"기분이 좋아서 인가, 잠이 오질 않네."

"저도요."

웃으며 말하는 선휘.

그 모습에 태현은 그녀의 얼굴을 빤히 본다.

화악.

달아오르는 선휘의 얼굴.

"왜, 왜 그렇게 보세요?"

"오랜만에 봐서 그런가? 좀 달라진 것 같네. 음… 좋은 쪽으로?"

자신도 무슨 말인지 모르겠다는 듯 조금 당황하는 태현을 보고 있던 선휘가 웃음을 터트렸고, 태현 역시 웃고 말았다.

"사부님은 잘 계시지?"

그 물음에 선휘는 이제야 묻느냐는 듯 태현을 보지만 이곳에 도착한 이후 정신이 없었다는 것을 떠올리고선 고개를 끄덕였다.

"그곳의 생활이 마음에 드신 모양이에요. 이곳으로 오

 5

시라고 해도 안 오시네요."

"흠… 다행이네."

백검은 현재 신의와 함께 생활을 하고 있었다.

이곳에 있는 것도 좋지만 조용한 생활을 원했던 그녀
는 마룡도제가 아들을 보기 위해 움직일 때 동행했다가
그곳이 마음에 들어 신의의 허락을 받아 그곳에서 머물고
있었다.

무림과 동떨어진 곳이지만 그것이야 말로 그녀가 원하
던 것이었다.

태현이 사라진 이후 선휘도 머릿속이 복잡하다보니 사
부에게 크게 신경을 쓰지 못했지만, 그녀가 그곳을 마음
에 들어 함으로서 모든 것이 해결되었다.

당장 말을 하진 않지만 어쩌면 그곳에서 밖으로 나오
지 않을 생각일 지도 몰랐다.

"사형, 그런데 아까 새로운 사부님을 모셨다고?"

"내일이면 알게 될 거야. 훌륭하신 분이니 너도 마음에
들 거야."

빙긋 웃으며 말하는 태현.

그의 말처럼 다음 날 저녁이 되기 전 태현의 새로운 사
부가 표국에 도착했다.

"설마 어르신께서 태현을 제자로 받으셨을 것이라곤 생각지 못했습니다. 후계가 없어 걱정했는데 진정 무림의 홍복이지 않을 수 없습니다."

"허허, 나이가 들더니 혀가 매끄러워진 모양이로군. 마지막으로 봤을 때만 하더라도 입보다 몸이 먼저 움직이더니."

"하하하! 다 옛날이야기지 않습니까, 어르신."

무신의 말에 마룡도제가 어색하게 웃는다.

두 사람의 인연은 무척이나 오래되었다.

아직 그가 젊었던 시절 혈기에 넘쳐 무신에게 수도 없이 도전을 했던 것이다.

물론 한 번도 이긴 적은 없지만 말이다.

"그보다 무림에 다시 나오시지 않을 것이라 생각했습니다. 무림맹이 그렇게 찾아도 나타나지 않으셔서 이젠 무림과 인연을 끊은 것이 아닐 까 했었거든요."

"후후, 나 역시 그리 생각했었지. 녀석을 만나기 전까지는."

"허면 태현을 구해 준 것은 어르신이었군요?"

"운명인 것이지."

담담한 무신의 말에 마룡도제는 고개를 끄덕이면서도 굳은 얼굴로 입을 연다.

"어르신의 등장으로 무림은 좋든 싫든 크게 요동칠 겁니다."

"허허, 그 정도야 이미 감수하고 왔다네. 게다가 이곳에 오기 전에 잠시 알아보니 철혈성인가 뭔가 하는 놈들 때문에 무림 전역이 떠들썩하더군."

"그렇긴 합니다만, 어르신의 위치를 생각해보면 이래저래 소란이 있을 겁니다."

마룡도제의 말은 사실이었다.

현 무림에서 가장 배분이 높은데다 실력 또한 마신이라 불리는 천마와 쌍벽을 이루는 무신이다.

그렇게 찾아도 나타나질 않던 그가 모습을 나타낸다는 것은 여러 의미로 많은 사건을 일으키게 될 것이 분명했다.

"게다가 태현의 존재는 무림맹 내부에서도 큰 문제가 될 겁니다."

"적을 앞에 두고도 세력 다툼을 하고 있는 녀석들이니 그럴 만도 하겠지. 하지만 큰 걱정은 하지 않는다네. 제자라곤 하지만 아직 제대로 가르친 것도 없고, 앞으로 가르칠 것도 없다고 보니. 후후, 세상에 있어 녀석을 붙들 수 있는 사람은 손에 꼽을 것이야."

"하긴 그렇지요."

고개를 끄덕이는 마룡도제.

무림맹에서 무슨 짓을 할 지 알 순 없지만 확실한 것 하나는 태현에게 수작을 부리다 들통 나면 문파의 대문을 내려야 할지도 모른다는 것이었다.

"그보다 자네가 당분간 날 도와야 하겠네."

"예?"

갑작스런 말에 마룡도제의 시선이 무신에게 향한다.

"날 좀 도와주게."

"그게 무슨 말씀이신지?"

"자네도 알다시피 무림맹은 구파일방과 오대세가의 알력 싸움이 지금도 한창이네. 이대로라면 무림맹은 여기저기서 얻어터지는 동네북 신세를 벗어나지 못할 것이네."

"아무리 그래도 그 정도까지는…."

"난 확신하네. 그렇기에 자네가 날 도와서 무림맹에서 제 정신이 박힌 자들을 이끌어 줘야 하겠네."

"…엄밀히 말하면 전 마도의 인물입니다."

"그걸 누가 모르는 사람이 있나?"

"문제가 될 겁니다."

굳은 얼굴로 말하는 마룡도제를 보며 무신은 피식 웃었다.

"그게 무슨 상관있겠나? 그렇지 않아도 문제가 이곳저곳에 산적해 있거늘. 그래도 입을 놀리는 자가 있다면…

그 입을 닫게 만들어 주면 되지 않겠나.”

자신 만만하게 이야기하는 무신을 보며 마룡도제는 감탄하지 않을 수 없었다.

세월이 흐르고 많은 나이를 먹어도 결국 무신은 무신.

무림 최강의 무인이었다.

†

무신의 귀환!

짧지만 강렬한 그 소문은 큰 파장을 일으키며 무림에 퍼져나간다.

수십 년을 은거했고 무림맹에서 아예 대놓고 찾았음에도 불구하고 찾질 못하던 그의 등장은 무림맹의 분위기를 바꾸어 놓기에 부족함이 없었다.

“늦었지만 그분께서 이제라도 나타나셨다는 것은 정파 무림에 큰 홍복이지 않을 수 없습니다.”

“맞습니다. 하루라도 빨리 맹으로 모셔오는 것이 좋을 것 같습니다.”

“공식적으로 맹주님께서 처음으로 맹을 찾으시는 것이니 격식을 갖추기 위해 백호대로 하여금 마중을 나가는 것이 좋겠습니다.”

"어허! 그 무슨 소리요? 청룡대야 말로 이런 일에 가장 잘 어울리지 않겠소이까?"

점점 목소리가 커지기 시작하더니 결국 회의장 전체가 두 패로 나뉘어 싸우기 시작한다.

청룡대건 백호대건 둘 다 무림맹 무인임이 분명 함에도 이렇게 싸우는 것은 각기 구파일방과 오대세가의 제자들로 이루어진 무력부대이기 때문이다.

맹주이자 무림 최강의 무인으로 평가 받는 무신에게 좋은 인상을 줌으로서 앞으로 있을 맹의 일에서 좀 더 유리한 고지를 점하려는 싸움인 것이다.

그렇게 무림맹 장로들이 고성을 지르며 싸우는 것을 말없이 지켜보고만 있던 현천검제가 남몰래 한숨을 내쉬며 곁에 앉은 오호창제를 바라본다.

무표정한 얼굴의 오호창제.

무슨 생각을 하는 것인지 조금도 알 수 없는 얼굴을 보며 현천검제는 고개를 흔든다.

그때 오호창제의 시선이 현천검제를 향한다.

— 어떻게 생각하오?

갑작스레 전음으로 말을 걸어오는 그에게 놀라는 것도 잠시. 현천검제 역시 전음으로 대답했다.

— 그분께서 스스로 모습을 나타내셨다는 것은 본 맹으

로 오시겠다는 뜻을 간접적으로 나타내신 것이 아니겠습니까? 당연히 그분을 맞이할 인원을 내보내야 한다 생각합니다.

- 그게 아니라 뒤늦게 그분께서 오신다고 해서 이 상황이 나아질 것이라 생각하오?

오호창제의 물음에 그제야 자신이 질문을 제대로 이해하지 못했다는 것을 알아차리곤 고개를 흔들었다.

- 어렵겠지 않겠습니까? 구파일방과 오대세가의 알력 싸움이 오늘 내일의 일도 아니지 않고. 요즘 같은 상황에선 더 그렇겠지요.

- 나 역시 그리 생각하오. 다만 앞으로도 이렇다면 무림의 흐름을 본 맹이 따르지 못하고 도태되어 버릴 수도 있소.

- 너무 과한 생각이지 않겠소?

- 정녕 과하다 생각하오?

오호창제의 물음에 현천검제는 답하지 못했다.

사실 그 역시 오호창제와 같은 생각이었다.

다만 입장이 있다 보니 쉽게 자신의 생각을 드러내지 못했을 뿐.

오랜 평화 속에서 무림맹은 아직도 현실을 깨닫지 못하고 있지만 무림은 빠른 속도로 변하기 시작했다.

격변하는 무림에서 조금만 뒤쳐져도 무림맹, 아니 정파 무림 자체가 크게 뒤로 밀려날 가능성도 없잖아 있었다.

　ㅡ 좋든 싫든⋯ 문제는 지금부터요.

　오호창제의 말에 현천검제의 머릿속이 복잡해진다.

　그러는 사이에도 회의장의 떠들썩함은 변하지 않는다.

　시간이 갈수록 더 시끄러워질 뿐.

　"지금쯤이면 무림맹이 떠들썩하겠구나."

　"굳이 소문을 낼 필요가 있겠습니까?"

　마룡도제의 물음에 발걸음을 옮기던 무신이 빙긋 웃으며 입을 열었다.

　"최소한 다른 짓을 하려는 놈들은 없지 않겠느냐?"

　"예?"

　"구심점이 없는 세력은 오래가지 못하는 법이고, 그 과정에서 이런저런 잡음들이 나오는 법이지. 사상누각(砂上樓閣)의 정상에 앉는다 해서 전부가 아니지 않느냐. 기왕 할 것이라면 제대로 된 터를 닦아야지."

　아직도 이해를 못하겠다는 마룡도제를 보며 무신은 빙긋 웃을 뿐 더 이상 입을 열지 않았다.

　대신 곁에 있던 태현이 마룡도제의 궁금증을 풀어 주었다.

"무림에 모습을 드러내기 전부터 여러 가지 계획을 세우고 움직였던 철혈성이 무림맹이라고 해서 손 놓고 보고만 있지는 않았을 겁니다. 사부님 말씀처럼 구심점이 되어야 할 맹주가 없는 상황이라면 더욱 그렇지요. 이번 소문으로 인해 놈들이 무슨 짓을 하고 있었던 쉽게 움직이진 못할 겁니다. 모두의 시선이 사부님에게 향하고 있는 시점에서 튀어 보일 수도 있는 일을 하고 싶진 않을 테니까요."

"흐음… 그런가?"

아직도 잘 모르겠다는 표정의 마룡도제지만 더 이상 묻지는 않는다.

굳이 당장 이해되지 않더라도 나중에 알게 될 것이란 생각 때문이었다.

"그보다 슬슬 마중을 나올 때가 된 것 같은데…"

마룡도제의 중얼거림에 모두들 고개를 끄덕인다.

소문을 내고 꽤 시간이 흐른데다 일행이 움직이는 경로까지 알리고 있음이니 서둘러 출발했다면 곧 마주 칠 때가 된 것이다.

본래 무신과 태현, 마룡도제만 움직이려 했던 일행은 상당히 불어나 있었다.

위 세 사람에 선휘와 남궁연호가 함께한 것이다.

태현과 떨어지지 않으려 했기에 어쩔 수 없이 함께 한 선휘야 그렇다 치더라도 남궁연호가 함께하고 있는 까닭은 마룡도제가 그를 붙들었기 때문이다.

사실 점점 귀찮게 구는 그 때문에 곤란해 하던 국주의 부탁이 있기 때문이었지만, 최소한 겉으론 그가 일행을 무림맹으로 안내하는 것으로 되어 있었다.

오대세가 중에서도 남궁세가의 자제인 그의 안내라면 믿을 수 있다는 핑계로 말이다.

덕분에 그의 얼굴엔 아직도 불만이 가득하지만 다른 사람도 아닌 마룡도제의 말인데다, 무신까지 함께하고 있음이니 차마 거절 할 수 없었다.

적대적 입장에 있는 단리비는 표국에 남아 파설경의 수련을 돕기로 했다.

아무리 무신의 비호가 있다 하더라도 이런 시기에 무림맹으로 향하는 것은 좋지 않기 때문이었다.

그렇게 다섯 사람으로 이루어진 일행은 한 참을 더 움직이고 나서야 마중 나온 이들을 볼 수 있었다.

그들의 소속을 확인한 남궁연호의 얼굴이 일그러진다.

"이런 미친…!"

무림맹을 구성하는 사대 무력부대 중에서도 가장 힘이 약하다는 현무대가 무신을 마중 나온 것이다.

맹주를 맞이하는 입장에서 최강의 무력부대인 청룡대
와 백호대가 나와도 부족할 판에 현무대라니.

남궁연호의 입에서 욕이 나올 만도 했다.

하지만 정작 무신은 너털웃음을 지을 뿐 기분 나쁜 기
색이 아니었다.

오히려 이럴 줄 알았다는 표정이 가득 들어나고 있었
다.

"이거… 아무래도 무림맹은 어르신이 어떤 분인지 잊
은 모양입니다."

"허허, 시간이 오래 흘렀으니 그럴 수도 있겠지."

되려 분노의 기색을 드러내고 있는 것은 마룡도제였
고, 그 모습을 본 남궁연호는 무림맹에서의 일이 결코 순
탄치 않을 것이라 직감했다.

†

"무신이라…."

철혈성주라 불리는 철무진의 낮은 중얼거림에 그의 앞
에 부복한 네 사람의 몸이 움찔거린다.

어느새 그의 몸에서 거친 기운이 흘러나오며 네 사람
을 압박하고 있었던 것이다.

그것을 모르는 것인지 철무진은 눈을 감은 채 손가락으로 태사의의 팔걸이를 반복적으로 두드린다.

톡, 톡, 톡.

한참을 반복한 끝에 그가 눈을 떴다.

순식간에 사라지는 기운들.

"지금 어디라고?"

"무, 무림맹으로 향하고 있다 합니다. 지금쯤이면 무림맹에 합류했을 것입니다."

황급히 흑영이 고개를 숙이며 보고한다.

팔영의 인원이 급격하게 줄어들며 철혈성의 정보조직을 책임지게 된 것은 흑영이었다.

본래 자영이 하고 있던 일이지만 철혈성이 정식으로 개파를 하게 되면서 맡은 일이 많아지며, 흑영이 맡게 된 것이다.

"그 늙은이가 다시 모습을 내보일 줄은 몰랐군. 늙은이로 인해 무림맹이 뭉칠 가능성은 얼마나 되지?"

이번엔 자영을 보며 묻자 기다렸다는 듯 대답하는 그.

"구파일방과 오대세가의 알력 싸움이 심각한 수준이긴 하나 무신의 위치와 능력을 생각해 본다면 그 가능성이 높을 것으로 생각됩니다. 특히, 과거의 이력을 생각하면 필요하다면 적절한 희생을 치르더라도 탄탄한 무림맹을

94

만들려 들 것이 분명합니다."

"무림의 흐름에 뒤지지 않겠다는 뜻이겠지."

"그리 생각합니다. 그렇지 않고서야 이런 식으로 움직일 필요가 없을 테니까요."

자영의 대답에 고개를 끄덕이던 그가 다시 입을 열었다.

"무림맹 내부의 일은?"

"중단 중입니다. 모두의 시선이 무신에게 쏠려 있는 상황이라 조금만 움직여도 눈에 튀어 어쩔 수 없는 선택이었습니다."

차분한 자영의 보고에 철무진은 잘했다는 듯 고개를 끄덕이며 황영을 바라본다.

"자금은?"

"성을 짓는 동안 부족했던 부분이 있었으나 이젠 예년의 수준을 되찾았습니다. 개파를 치르는 동안 사용될 자금의 집행 역시 끝났습니다."

자신만만한 얼굴의 황영.

성을 짓는 동안 부족한 자금으로 인해 크게 고생을 했지만 일단 축성이 완료되고 난 뒤로는 숨통이 트여 이젠 예년 수준을 회복해 나가고 있었다.

당장 부족한 부분이 없는 것은 아니지만 이것은 시간이 흐르면 충분히 보완할 수 있는 부분이었다.

"지금 늙은이를 어찌 할 수는 없는 일이니 개파에 집중하도록 하고… 흑영 넌 무림맹으로 가라. 그곳에서 늙은이의 일을 방해해라."

"존명."

"늙은이가 움직이기 시작하면 무림맹이 시끄러워질 테니 네가 움직이기에 부족함이 없을 것이다. 그 틈을 노려라. 시간을 버는 것만으로도 충분하니."

"존명!"

깊이 고개를 숙이는 흑영.

철무진의 명령은 간단했다.

무림맹이 하나로 뭉치는 것을 막되, 막지 못할 것 같으면 최대한 시간을 끌라는 것.

이곳에 있는 네 사람 중 그런 일을 가장 잘할 수 있는 사람이 바로 흑영이었다.

†

침묵이 흐르는 회의장.

비어져 있던 맹주의 태사의가 주인을 찾았음에도 불구하고 회의장은 평소와 달리 고요하기만 했는데, 그 모든 원인엔 무신이 있었다.

96

무림맹에 들어서자마자 주요 인원을 회의장에 집결시킨 그가 무언의 기운을 흘리고 있는 것이다.

회의장을 가득 채운 그의 기운은 현천검제와 오호창제마저도 쉬이 움직이지 못할 정도로 막대한 것이었다.

무려 일각을 넘는 시간을 기운을 내뿜으며 자신의 실력을 단단히 선보인 무신의 입이 천천히 열린다.

그와 동시 회의장을 짓누르던 기운이 사라진다.

"엉망이로군."

차가운 그의 한 마디에 회의장이 얼어붙는다.

그가 활동을 하지 않은 지 수십 년.

자리에 앉은 자들 중엔 무신에 대해 듣기만 했을 뿐 한 번도 보지 못했던 자들도 많았지만, 그가 내뿜었던 기운으로 인해 크게 압도된 상태였다.

"집합을 지시하고 모이기까지 한 시진. 비상사태였다면 몰살당하고도 적들은 충분히 안전한 곳으로 피했을 시간이로군."

"그, 그것은 너무 심한 비약이지 않습니까?"

신랄한 무신의 말에 누군가가 가까스로 입을 연다.

그것을 시작으로 여기저기서 말들이 나온다.

"맞습니다. 본 맹을 두 시진 안에 어떻게 할 세력이 존재 할 리도 없을 뿐더러, 설령 있다 하더라도 너무 심한 비약이십니다."

"그렇습니다. 맹주께서 오랜 시간 무림에서 활동을 하지 않으셔서 모르시는 모양이십니다만, 본 맹의 힘은 무림 제일이라 해도…."

"갈!"

쩌렁쩌렁-!

우르르릉!

무신의 강한 외침에 회의장.

아니, 건물 전체가 크게 흔들리고 입을 열었던 자들이 뒤집히는 기혈을 안정시키기 위해 다급히 말문을 닫는다.

단 한 마디로 회의장을 조용하게 만든 무신의 몸에서 강렬한 기세가 피어오른다.

당장에라도 싸움을 시작할 듯 강렬한 투기(鬪氣)에 무신의 시선을 피하는 사람들.

이 자리에 앉은 사람들 중에 무림에 이름이 알려지지 않은 자가 없을 정도였으나 그 누구나 무신에게 반항할 수 없었다.

그저 전력으로 내공을 끌어올려 무신의 기운에 대항하기에 바쁠 뿐.

"무림맹이 강하다고? 하하하! 내 평생 들은 이야기 중에 가장 우스운 소리구나! 당장 천마신교만 하더라도 무림맹과 비교 할 수 없을 지경이고 신흥 세력인 철혈성의 전력 역시 만만치 않거늘 무어라? 지피지기 백전불태라 했거늘 적에 대한 제대로 된 파악조차 하지 않은 그대들이 무슨 말이 이렇게 많단 말인가!"

쾅-!

우수수.

굉음과 함께 무신의 태사의가 가루가 되어 흘러내린다.

단순히 부수는 것은 쉬운 일이지만 그것을 가루로 만든다는 것은 어지간한 실력으론 불가능한 일.

그 광경에 현천검제와 오호창제가 등으로 식은땀을 흘린다.

말은 하지 않았지만 당장 무신에게서 느껴지는 기세는 감히 자신들로선 감당 할 수 없을 정도였고, 마치 천마를 보았을 때와 같은 기분을 느끼고 있는 두 사람이었다.

아득한 절망감.

하지만 그때와 다른 것이 있다면 같은 절망감이라 하더라도 이번엔 같은 편이라는 사실이었다.

그리고 확신했다.

무신이야 말로 천마에 맞설 수 있는 유일한 무인일 것이라고.

그러는 사이에도 무신의 꾸중은 계속되고 있었다.

"이 시간부로 청룡, 백호, 주작, 현무의 전투부대를 전부 해체 후 재편한다!"

"헉!"

"그, 그것은…!"

깜짝 놀라는 사람들.

허나, 무신은 그들을 무시하고 계속해서 말을 이었다.

"실력의 고하에 따라 소속을 가리지 않고 재편을 한다. 구파일방과 오대세가의 알력 다툼이 내 눈에 적발될 시 용납지 않을 것이다! 내 말을 무시하고 여전히 같은 상황이 벌어진다면… 내 이름을 걸고 후회하게 만들어주지."

으르릉.

날카로운 기세를 내뿜던 무신은 그 말을 끝으로 뒤도 돌아보지 않고 회의장을 나섰고, 그제야 그의 기세에서 벗어난 사람들은 일제히 한숨을 내쉰다.

식은땀으로 흠뻑 젖은 그들.

여러 가지로 할 말이 많지만 당장은 힘이 들어가지 않기에 일단 휴식을 취한 뒤 다시 모이는 것으로 합의하고 회의장이 빠르게 비어간다.

한바탕 뒤집어 놓은 무신은 그 길로 자신의 거처로 움

직였다.

맹에 들어서자마자 회의장으로 향했기에 처음으로 거처로 향한 것이었는데, 거처에 들어서자마자 무신의 얼굴 가득 못마땅함이 드러난다.

호화롭기 그지없는 방.

이곳의 장식만 떼다 팔아도 어지간한 소가족은 평생을 먹고 놀아도 될 정도다.

이런 방을 꾸미고 만들 시간에 조금이라도 수련을 하는 것이 낫다고 생각하는 무신이었다.

"필요한 것만 빼고 전부 치우게. 그리고 나와 함께 온 일행을 이곳으로 불러들이고."

"예, 맹주님."

시비들이 고개를 숙이며 방을 빠져나가고 얼마 있지 않아 수많은 하인들이 들어와 빠른 속도로 화려한 물건들을 치우기 시작했다.

방이 얼추 치워질 때쯤 태현들이 방으로 들어섰다.

"정체를 숨긴다는 것이 쉬운 일은 아니로군요."

너털웃음을 지으며 마룡도제가 인피면구를 두드리며 말하자 무신은 어쩔 수 없다는 듯 고개를 흔든다.

"미안하게 됐군. 하지만 오래 가진 않을 것이네. 시간을 오래 끌 필요가 없음이니."

"하하, 그런 뜻으로 이야기 한 것은 아니었습니다. 다만… 맹 전체에 위기의식을 한 번 심어줄 필요는 있어 보입니다. 아무리 정체를 최대한 숨겼다고는 하나, 맹의 중추 무인들까지 마기를 읽어내지 못하는 것은 문제가 있다고 봅니다."

마룡도제의 말 대로였다.

숨기고자 한다면 완벽하게 숨길 수 있는 마기지만 미리 무신에게 귀띔을 받았던 그는 미세하게 마기를 흘리고 다녔다.

그럼에도 불구하고 이곳까지 오는 동안 누구도 그것을 눈치 채지 못했다.

맹의 중추라 할 수 있는 맹주의 거처까지 오는 동안에도.

조금만 신경 썼다면 쉽게 알 수 있는 일이었다.

그러지 못했다는 것은 결국 맹 전체의 분위기가 흐트러져 있다는 것이다.

"그래서 말인데 자네들에게 부탁 할 것이 있네."

휘휙.

꾹-.

검은 천으로 얼굴을 가리자 겉으로 보이는 것은 두 눈 밖에 남질 않는다.

초승달이 떠오른 밤이라 주변은 어둡기만 하다.

"정말… 이렇게 해도 되는 겁니까?"

떨리는 목소리로 남궁연호가 얼굴을 가리며 묻자 이미 준비를 끝낸 마룡도제가 대답했다.

"맹주님의 허락도 떨어진 판국에 뭐가 문제인가? 게다가 자네도 봐서 알겠지만 지금의 맹에는 큰 충격이 필요하네. 맹주께서 나타났다 하더라도 제대로 된 명령을 들어먹을 작자는 몇 없을 테지."

"그, 그런…."

"자네도 남궁의 자식이라면 알 것 아닌가. 지금의 맹의 상황이 어떠한지."

"끄응…."

뭐라 말을 하지 못하는 남궁연호.

남궁의 자식인 그가 보기에도 지금 구파일방과 오대세가의 알력싸움은 도를 넘고 있었다.

적이 코앞에 나타났는데도 불구하고 제대로 된 단합이 되지 않는다는 것은 위험한 일이었다.

문제는 이런 생각을 하고 있는 사람이 극히 드물다는 것이다.

특히 세가의 울타리 안에서 자란 이들은 맹목적으로 세가를 따르며 주변 다른 상황은 살피지 않고 있었다.

탕검으로 불리며 세가 밖을 떠돌았던 남궁연호이기에 지금의 위기를 깨닫고 잘못됐다는 생각을 할 수 있는 것이다.

"후… 알겠습니다. 하지만 제가 무공을 사용하면 결국 정체가 들통날 겁니다."

"그건 걱정하지 말게. 내가 앞장서서 마기를 터트릴 테니. 마기를 풀풀 풍기는 자가 선두에 서서 소란을 피우면 그 주변의 사람들은 다른 생각을 하기 어려운 법이지. 설령 남궁세가의 무공을 사용하는 것을 눈치 챈다 하더라도 쉽게 자네의 정체를 알아차리지 못하겠지. 반대로 남궁의 무공이 외부로 유출되었다 생각하는 자들도 있겠지."

"그렇게까지야…."

"후후, 그리 될 것이야. 준비는 끝났나?"

다가서는 태현과 선휘를 보며 그가 묻자 두 사람은 고개를 끄덕인다.

"그럼 시작해 보지."

검은 천위로 드러나는 선명한 미소에 남궁연호의 불안감은 크게 가중된다.

땡땡댕!

"적이다!"

"적의 침입니다!"

오밤중에 요란한 종소리와 함께 무림맹의 이곳저곳이 소란스러워지기 시작한다.

콰쾅-!

"크하하하! 덤벼!"

크게 웃음을 터트리며 무림맹 무인을 날려버리는 마룡도제!

마치 이제까지 쌓인 욕구를 풀어내겠다는 듯 연신 이곳저곳으로 움직이며 가차 없이 무림맹 무인들을 패대기치는 그를 보며 남궁연호가 절로 한 숨을 내쉰다.

불안감이 정확히 맞아 떨어진 것이다.

하지만 그것은 시작에 불과했다.

"가자! 목표는 맹주의 목이다!"

들으라는 듯 크게 외치며 앞장서서 담벼락을 넘는 마룡도제의 뒤를 빠르게 따르는 태현과 선휘.

그 모습에 남궁연호는 가기 싫다는 표정을 지으며 뒤를 따른다.

'아무리 생각해도 뭔가 잘못됐어.'

이제와 후회해 보지만 이미 벌어진 일.

돌아가기엔 늦었다.

갑작스런 상황에 놀라 사일검(斜日劍) 곽태와 북검(北劍) 모용세정이 달려 나왔다.

오늘 낮에 맹주의 명령으로 인해 무력부대 전부가 해체되었기에 우왕좌왕하는 수하들을 빠르게 수습하며 선두에 선 두 사람.

"무슨 소란이냐!"

"적의 침입입니다! 정확한 숫자는 알 수 없으나 일단 드러난 숫자는 넷! 일직선으로 맹주님의 거처를 향해 움직이고 있습니다."

"아무도 안 막아섰단 말이냐!"

"막아섰습니다만, 침입자들이 너무 강해 저지 할 수 없습니다!"

수하의 보고에 얼굴을 일그러트린 사일검이 북검을 바라본다.

비록 서로 경쟁하는 관계이지만 지금은 그런 것을 따질 상황이 아니라 생각한 것이다. 북검 역시 동의하는 것인지 즉시 수하들을 이끌고 침입자가 있는 곳으로 향한다.

갑작스런 해체로 인해 두 사람을 따르는 무인의 숫자는 합쳐도 백이 되지 않지만 맹 최강의 무력부대로 인정받던 청룡, 백호의 무인들이니 만큼 충분히 적을 막을 수 있을 것이라 내다봤다.

하지만 막상 현장에 도착하자 그것이 자신들의 착각임을 깨닫는 데엔 오랜 시간을 필요치 않았다.

쿠아아악!

사방을 휘감는 막대한 마기와 곳곳에 쓰러진 맹의 무인들.

"크하하하!"

크게 웃으며 주변을 초토화 시키는 한 사람과 그 주변에서 적절히 움직이는 세 사람.

"멈춰라!"

"응? 너희는 쓸 만 하구나!"

콰콰콱!

사일검과 북검의 도착과 함께 선두에 서서 날 뛰던 마룡도제가 두 사람을 향해 달려든다.

갑작스런 공격임에도 둘은 빠르게 검을 뽑아들며 대응한다.

쩌저정!

쾅-!

세 사람의 충돌에 굉음과 함께 그 여파가 주변으로 퍼져나간다.

그러는 사이 두 사람이 데려 왔던 수하들이 태현들을 포위하기 시작했다.

- 손속에 정을 두지 않되, 죽이지는 말고.

태현의 전음에 고개를 끄덕이는 남궁연호.

아니, 그의 말이 없더라도 같은 편을 죽이는 바보는 없을 것이다. 아무리 맹주의 명이 있었더라도 말이다.

그렇게 세 사람의 싸움이 시작되는 동안 마룡도제의 손에 들린 검은 쉴 틈 없이 흔들린다.

쩌정!

검과 검이 부딪칠 때마다 귀를 찌르는 굉음이 울리고, 손바닥이 찢어질 것 같은 고통이 수반되지만 사일검과 북검은 이를 악물었다.

'어디서 이런 괴물이!'

칠왕의 한 자리를 차지하고 있는 사일검은 이를 악물었다.

자신보다 강한 사람은 몇 없을 것이라 생각했었거늘 오늘 그 생각이 산산조각 나고 있었다.

검을 부딪칠 때마다 도저히 앞으로 어떻게 움직여야 할 것인지 생각이 나질 않는다.

되려, 공격을 막는 것에 급급할 지경이다.

그것은 북검 역시 마찬가지였다.

칠왕과 그에 근접했다는 일인.

무림에서 손에 꼽는 고수인 두 사람이 한 사람을 상대

108

하지 못하고 있다는 것은 누구에게 말해도 쉽게 믿지 않을 일이었다.

'제법이지만… 약하군. 칠왕의 말석이라 했던가?'

마룡도제는 냉정한 눈으로 사일검과 북검을 살피고 있었다.

특히 말석이라곤 하나 칠왕의 한 자리를 차지하고 있는 사일검이 나타났을 때는 꽤나 기대를 했었지만 기대가 물거품처럼 사라지는 데엔 오랜 시간이 필요하지 않았다.

마룡도제란 별호에서 알 수 있듯 그의 무기는 도(刀)다.

지금 그의 손에 들린 검(劍)과는 그 사용방식도, 내공의 운용도 전혀 다르다.

다시 말해 제 실력을 내보일 수 없는 상황임에도 불구하고 그는 제대로 대응하지 못하고 있었다.

'칠왕이란 이름이 아까울 정도로군. 오히려… 이쪽이 괜찮군.'

그의 시선이 북검을 향한다.

힘겹지만 자신의 검을 받아내는 북검.

분명 사일검 보다 실력이 떨어지고 있음에도 어떻게든 기회를 만들기 위해 움직이는 그의 모습에서 시간이 흐르면 사일검보다 북검이 더 위로 올라갈 수 있을 것이라 판단했다.

자신의 공격을 받아내는데 급급한 자와 어떻게든 기회를 만들어 노려는 자.

결과는 보지 않아도 될 정도니까.

'그보다 마음에 들지 않는군.'

곁눈질로 주변을 살피자 점차 무림맹 무인들이 몰려들고 있었지만 쉬이 덤비려는 자들이 없었다.

이곳에서 조금만 움직이면 맹주의 거처임에도 말이다.

뿐만 아니라 아직도 한 자리를 차지하고 있는 인물들의 얼굴이 보이질 않는다.

나타난 자들 중 가장 높은 자리에 있는 것이 자신이 상대하고 있는 두 사람일 정도로.

'그야 말로 엉망이로군.'

아무래도 무림맹을 새로 정비하는 것에는 많은 시간을 필요로 할 것 같다는 생각을 하며 마룡도제는 강하게 검을 뿌렸다.

쩌정-!

"크아아악!"

"컥!"

비명과 함께 날아가는 둘.

꽝음과 함께 무너지는 건물에 파묻히는 둘을 확인한

110

마룡도제가 몸을 돌리며 외쳤다.

"빠르게 움직인다!"

그의 한 마디에 태현들의 움직임이 달라졌다.

적당히 움직이던 것을 멈추고 빠른 속도로 자신들을
포위하고 있는 무인들을 해치우기 시작한 것이다.

크고 화려한 동작과 강한 충격파 등으로 인해 사람들
의 시선이 빼앗겨 있어 아직 누구도 눈치 채지 못한 모양
이지만 쓰러진 사람들 중에 죽은 자들은 없었다.

재수 없게 팔 다리가 부러진 자들은 있어도 말이다.

어렵지 않게 전장을 정리한 그들은 다시 맹주의 거처
를 향해 빠르게 움직이기 시작했는데, 얼마 지나지 않아
마침내 맹의 핵심 무인들이 그들을 막아섰다.

"현천검제와 오호창룡이라… 이제야 해볼 만하겠군."

무서운 기세를 휘날리며 일행을 막아 선 둘을 보며 마
룡도제가 호승심에 불타오른다.

처음엔 무신의 부탁으로 시작했지만 오랜만에 날뛰는
상황이다 보니 자신도 모르게 호승심에 불타오르고 있던
것이다.

그것을 뻔히 알고 있는 태현이었지만 굳이 그를 말리
진 않았다.

호승심에 몸을 맡겼다곤 하지만 수준 이상을 넘는 싸

움을 하지 않을 것이라 믿었기 때문이다.

"여기까지다."

"어떤 놈들인지 모르겠으나 살아 돌아가야 할 생각은 버려야 할 것이다."

차갑게 내 뱉는 둘의 말에 마룡도제는 천에 가려진 얼굴 위로도 선명히 드러나는 미소를 내짓는다.

"막을 수 있을 때 이야기겠지."

그의 미소가 더 진해진다고 생각한 순간.

그의 신형이 사라졌다.

NEO ORIENTAL FANTASY STORY

第5章.

亂武林 난검두림

第 5 章.

"흡!"

짧은 기합과 함께 오호창제의 흑호창이 기묘한 움직임을 보이며 눈앞의 마룡도제를 쫓아 움직인다.

눈을 현혹시키는 그 움직임은 마치 뱀과 같았고, 집요하기 짝이 없었으나 마룡도제는 날렵하게 몸을 흔들어 흑호창을 따돌려 놓는다.

아니, 따돌렸다 생각하는 순간 우측에서 날아드는 현천검제의 날카로운 검에 깜짝 놀라며 재빨리 허리를 낮게 숙였다.

서컥—!

허공을 가르는 날카로운 소리가 귓가에 울리고 싸늘한 위기감이 온 몸 구석까지 퍼져나간다.

심장을 죄는 기묘한 감각에.

마룡도제는 크게 흥분했다.

'이거야! 이거라고!'

"크하하하!"

괴성을 터트리며 날래게 움직이는 마룡도제!

오랜 시간 무림과 떨어져 지냈고, 아들 선호 때문에 다시 무림에 나왔으나 그동안 그를 흥분케 하는 싸움은 거의 없었다.

특히 요 근래는 표국의 일에 집중하느라 더욱 그랬다.

선호가 무사히 돌아오면 다시 조용히 무림을 떠날 것이라 생각했지만, 마음 한 구석에 숨어 있던 무인의 피는 사라지지 않았었다.

그랬던 것이 지금 이 순간.

온 몸을 불태울 듯 타오르고 있었다.

쩌저적!

그의 일검에 무너져 가는 무림맹의 담벼락!

갑작스런 공격을 피해낸 현천검제의 등으로 식은땀이 흘러내린다.

무림오제의 일인인 자신에게 결코 밀리지 않는 그의

정체가 궁금하기만 할 따름이다.

'안 좋은데….'

냉정한 눈으로 마룡도제의 싸움을 지켜보던 태현은 상황이 좋지 않음을 눈치 챘다.

크게 흥분한 마룡도제가 날뛰고 있지만 기본적으로 상대는 같은 무림오제의 두 사람이다.

마룡도제의 실력이 뛰어나다곤 하지만 둘을 동시에 상대할 정도는 아니었다.

그나마 지금까지 버틸 수 있었던 것은 침입자를 생포하려하는 것 때문이었지만, 분위기가 점차 바뀌고 있었다.

마룡도제의 실력이 생각보다 더 강하자 사로잡지 않고 죽이는 방향으로 가닥을 잡아가고 있는 것이다.

그 증거로 살기가 점차 높아져 가고 있었다.

무림맹 전체에 경계심을 심어주는 목적은 이미 달성한 것이나 마찬가지다. 이곳에서 몇 발자국만 더 움직이면 맹주의 처소이니까.

목적을 달성한 상황에서 굳이 싸움을 크게 만들 필요는 없다 판단한 태현은 자신에게 달려드는 무림맹 무인을 강하게 튕겨낸 뒤 마룡도제가 있는 곳으로 몸을 날린다.

쐐액-!

허공을 가르며 빠르게 접근한 태현은 때마침 마룡도제의 좌측에서 공격을 이어가려는 오호창제를 향해 검을 휘둘렀다.

갑작스런 공격에 놀라면서도 침착하게 발을 놀려 공격을 피해낸 오호창제의 시선이 태현을 향한다.

강하며 심지 굵은 그의 시선을 정면으로 받으며 태현은 흥분한 마룡도제를 향해 말했다.

"더 가시면 안 됩니다."

"…음."

태현의 말에 빠르게 흥분을 가라앉히는 마룡도제.

자신이 너무 앞서 나갔음을 깨달은 것이다.

급속도로 기운을 감추는 모습에 오호창제 뿐만 아니라 현천검제의 시선까지 태현을 향한다.

자신들에 필적하는 고수를 말 몇 마디로 흥분을 가라앉힌다는 것이 결코 쉽지 않음을 알기 때문이다.

갑작스런 상황에 싸움이 중단된 모습을 보던 태현의 시선이 주변을 향한다.

어느새 빽빽하다 생각될 정도로 가득 들어찬 무림맹 무인들.

방금 전까지만 해도 보이지 않던 무림맹 고위직 무인들이 곳곳에서 모습을 드러낸다.

118

"아무래도 이쯤에서 멈추는 것이 좋을 듯합니다."

"음. 이 이상은 문제가 되겠지?"

"지금도 충분히 문제가 될 겁니다."

태현의 말에 마룡도제는 피식 웃으며 발출하던 기세를 완전히 거둬들인다.

그에 의문을 표하는 현천검제와 오호창제를 보며 마룡도제는 얼굴을 가리고 있던 흑천을 거둬들였다.

"오랜만이로군."

"넌…!"

"당신은!"

깜짝 놀라는 사람들.

그들의 얼굴을 보며 마룡도제가 다시 한 번 미소 짓는다.

✝

쾅!

"대체 이게 무슨 일입니까!"

"이번 일로 인해 발생한 피해가 얼마나 되는지 아십니까!"

연신 회의장의 책상을 내려치며 소리를 지르는 장로들을 보며 무신은 시끄럽다는 듯 약지로 귀를 판다.

그 모습에 얼굴이 붉어지는 장로들.

다시 한 번 그들이 입을 열려는 찰나 무신이 차갑게 입을 연다.

"그래서. 감상은?"

"…예?"

무슨 뜻인지 몰라 되묻는 그들을 향해 무신이 다시 한 번 말문을 연다.

"호언장담하던 맹의 경계가 뚫린 감상을 묻고 있네."

"그, 그것은…!"

"무림오제의 일인인 마룡도제와 현 무림에서 급속도로 이름을 알리고 있는 무림신룡이 함께 벌인 일이지 않습니까! 현 무림에서 그들을 막아 낼 수 있는 곳이 어디에 있겠습니까!"

"옳습니다! 다른 사람도 아닌 마룡도제 되는 실력자가 어디 흔한 것도 아니고 어찌 목숨을 걸고 맹의 중심부로 쳐들어 올 수 있단 말입니까!"

"아무리 맹주의 명이 있다 하더라도 이번 일은 심했습니다!"

"옳소!"

한번 터져 나오기 시작한 불만은 금세 회의장 전체를 가득 채우고도 남음이었지만 정작 무신은 듣고 있지 않

120 5

았다.

평온한 얼굴로 귀를 팔 뿐.

그것을 눈치 챈 장로들이 못마땅한 표정을 지으며 입을 다물기 시작했고, 얼마 지나지 않아 회의장이 조용해진다.

불만 가득한 그들의 얼굴을 보며 무신은 약지에 묻은 귓밥을 불어내며 천천히 입을 연다.

"그게 다인가?"

"……."

"그게 다냐고 물었네."

스윽.

말을 마친 무신이 천천히 자리에서 일어선다.

단순히 몸을 일으킨 것에 불과하지 않았으나 어느새 회의장 전체에 묵직하게 퍼져나가는 기운.

마치 천장단애의 절벽과 마주선 기분에 식은땀을 가득 흘리는 사람들.

"그게 지금… 무림맹의 중추라 할 수 있는 자들이 할 말이란 말인가."

쿠쿵!

"큭!"

"헉!"

거센 압박에 여기저기서 신음소리가 흘러나오지만 무신은 기운을 거두지 않았다.

오히려 기세를 높여만 간다.

"무림맹의 맹주인 이 나를 암살하려는 자들이 평범한 무인들을 보낼 것 같은가! 당장 천마를 치기 위해 계획을 짠다면 그 선두엔 내가 설 것이고 내 뒤를 부 맹주들이 받치게 될 것이다! 그딴 썩어빠진 정신으로 무슨 큰일을 하겠다는 것인가!"

으르릉.

당장이라도 손을 쓸 것 같은 강렬한 기세를 내뿜으며 무신이 밖을 향해 외쳤다.

"들라!"

끼이익.

문이 열리며 안으로 들어온 것은 마룡도제와 태현이었다.

다른 사람들의 시선을 무시하며 무신의 앞에 선 둘이 고개를 숙인다.

"마룡도제! 그대가 대답해보도록. 무림오제라 불리는 자네를 상대 할 수 있는 무림인이 몇이나 있을 것 같은가."

"무림은 넓고도 넓습니다. 세상에 드러나지 않은 은거기인들이 모래와 같이 많음이니 어찌 쉽게 판단 할 수 있겠습니까. 허나, 제가 직접 경험한 바를 따르자면… 최소 스물은 될 것입니다."

"헉!"

마룡도제의 말이 끝나기 무섭게 깜짝 놀라는 사람들.

놀란 것은 현천검제와 오호창제 역시 마찬가지였다.

마룡도제와 손속을 섞으며 그가 얼마나 강한지 몸을 체감했던 그들이다.

종이 반장 정도 자신들보다 윗줄에 있을 것이라 판단했던 그가 상대 할 수 없는 자들이 무림에 스물이나 된단다.

그것도 직접 경험을 한 인물들만 말이다.

"꽤 많군."

"예. 그리고 그 대부분이… 천마신교의 무인들이었습니다."

"크음…!"

"으흠!"

불편한 기색이 역력한 그들.

허나, 마룡도제의 말은 거기서 끝나지 않았다.

"저와 함께 무림오제로 불리는 광륜제(狂輪帝) 역시 천마신교 안에서 큰 힘을 발휘하지 못하고 있었습니다. 서열로 따져도 겨우 이십위권이지요."

"그런 말도 안 돼는!"

"그 말은 거짓이오! 광륜제는 마교의 장로이지 않소이까! 그가 마교에서 힘을 발휘하지 못할 리가 없지 않소!"

"그렇소! 아무리 우리가 마교 내부의 정보에 능통하지 못한다하나 천마 다음가는 실력자가 서열 이십 위라는 것은 믿을 수 없는 일이오!"

여기저기서 반대 의견이 터져 나온다.

철저하게 자신들의 정보를 밖으로 내보내지 않는 천마신교이기에 그들에 대한 정보가 적은 것은 사실이지만, 적어도 밖에서 알려져 있기로 광륜제는 천마 다음가는 실력자였다.

그런 그가 서열 이십 위 안에도 들지 못한다는 것은 쉽게 믿을 수 없는 이야기였다.

그들의 이야기에 마룡도제는 차갑게 웃으며 대답했다.

"내 눈으로 직접 본 결과요. 내가 그대들에게 거짓을 말해서 얻을 것이 없다는 것을 모르는 모양이로군. 게다가 이것은 천마신교의 진짜 힘이라 할 수 있는 원로원은 전부 제외한 것이오. 또한 천마의 그림자 호위인 천마호검대(天魔護劍隊)의 인원 역시 빠진 결과고."

"마룡도제 어르신의 말씀이 사실이라는 것은 제가 보증하지요. 천마신교에 초대받아 그곳에서 머물며 두 눈으로 직접 본 것과 일치하니까요."

"으음…."

"무림신룡."

태현이 나서며 말하자 얼굴을 찡그리는 사람들.

이 자리에 있는 자들 중 태현이 천마신교에 다녀왔다는 사실을 모르는 이는 없었다.

천마신교에 초대를 받았다는 사실을 태현이 감추지 않았고, 초대했다는 사실 역시 천마신교는 감추지 않았으니까.

게다가 무림신룡이라 불리는 태현이 정사마를 가리지 않는 자라는 것은 익히 잘 알려진 사실이다. 다행인 것은 그의 행동이 정파에 가깝다는 것뿐.

애초 태현에 대한 정보가 크게 모자란데 반해 그의 이름은 이제 무시 할 수 없을 정도로 무림에서 커져 있었다.

하지만 어디에나 삐뚤어진 자는 있는 법이다.

"어린놈이 방자하구나! 제법 무림에서 이름이 알려졌다 해서 네놈이 이 자리에 끼어들 수 있을 것 같으냐! 무림신룡인지 뭔지 모르겠으나 네놈은 사부에게 무림의 어른들을 만나면 인사부터 하라고 배우지 못했느냐!"

버럭 화를 내며 자리에서 일어선 것은 곤륜의 장로였다.

평소에도 다혈질인 그의 분노에 몇몇 이들이 공감한다는 듯 소리를 치고 나선다.

태현이 칠성좌의 제자라는 사실을 알고 있는 것은 아직 극소수의 인물에 불과했다.

만약 그것을 알았다면 저런 이야기를 하지 못했을 것이다. 비록 세상을 떠났다곤 하나 무신을 제외하곤 누구보다 칠성좌보다 배분이 높은 사람이 없었고, 자연스레 그들의 제자인 태현의 배분 역시 결코 누구에게도 뒤지지 않는 수준이었다.

그에 회의장이 시끄러워지려 하자 현천검제가 나서려고 했으나 그보다 먼저 무신이 입을 열었다.

"내 제자에게 불만이 많은 모양이로군."

"…예?"

굳은 얼굴로 되묻는 곤륜 장로에게 무신은 차가운 눈빛으로 다시 말했다.

"내 제자라고 했다."

"……"

회의장에 차가운 서리가 내린다.

누구도 쉽게 입을 열지 못한다.

다른 사람도 아니고 무신이다. 무신이란 사부를 둔 태현에게 막말을 퍼부었으니 쉽게 넘어갈 일이 아닌 것이다.

괜히 입을 열어 불똥이 튈까 모두가 침묵을 지키는 가운데 이제까지 입을 열지 않던 오호창제가 자리에서 일어서 무신을 바라보며 말문을 연다.

"무림신룡은 칠성좌의 제자로 알고 있습니다. 헌데…."

"이번에 제자로 받았지. 제자로 받은 지 얼마 되진 않았으나 확실히 내 제자이다."

그 말에 오호창제는 고개를 끄덕이면서도 놀란 눈으로 태현에게 시선을 돌린다.

칠성좌를 사부 삼았다는 것만으로도 놀랄 지경인데 거기에 무신까지.

분명 뛰어난 재능을 가진 것은 맞지만 자신보다 월등히 윗줄에 있는 이들이 그를 탐을 낼 정도라곤 생각지 않았다.

놀란 것은 오호창제 뿐만 아니었다.

자리에 있는 모두가 크게 놀라고 있었다.

특히 곤륜 장로의 얼굴은 파랗다 못해 이젠 하얗게 물들어 있었다.

무신만 하더라도 감당하기 어려운데 칠성좌라니, 앞엔 호랑이요 뒤엔 늑대를 만난 꼴이다.

"흠흠. 분위기가 이상해졌습니다만, 제가 한 말은 한 치의 거짓도 없는 사실입니다. 천마신교에 머물 당시 천마께서 직접 말씀하시길 지금의 천마신교는 백년 이래 최강의 전력을 유지하고 있다 했습니다. 다시 말해 마음먹는 순간… 수십 년 전에 있었던 싸움은 아무것도 아닌 것으로 만들 수 있다는 이야기지요."

자신의 말이 먹혀든 것인지 여기저기서 불편한 표정들이 피어오른다.

믿고 싶지 않지만 조금씩 현실을 깨달아가는 그들을 보며 태현은 계속해서 말을 이었다.

"그럼에도 불구하고 천마신교가 움직이지 않고 있는 것은 천마께서 그들을 억제하고 계시기 때문입니다. 굳이 무의미한 싸움은 필요 없다 하시더군요. 하지만… 제가 본 천마신교는 잠들어 있는 폭풍과 같습니다. 일단 움직이기 시작하면 그 움직임은 거침없을 겁니다. 그리고 그 시기가 멀지 않았다 생각합니다."

"클클, 그만하면 됐다. 자네도 수고 했으니 이젠 돌아가도 좋네. 늙은이의 부탁을 들어주어 고맙네."

"별 말씀을. 그럼."

고개를 숙이며 태현과 함께 회의장을 빠져나가는 마룡도제.

마룡도제가 무신을 돕는 것은 여기까지다.

아무리 정사마의 경계를 드나들며 움직이는 그이지만

128

그 움직임엔 한계가 있는 법이었고, 지금이 바로 그때였다.

"그는… 이대로 돌아가는 것입니까?"

조용하던 회의장에 현천검제가 먼저 입을 연다.

"그가 나와 함께 온 것은 이번 일을 위해서였으니까. 그의 정체성을 위해서라도 더 이상의 도움은 불가능한 일이지."

"아쉽군요. 그가 있는 다면…"

"불가능한 일에 매달리지 말고 현실적인 일에 매달리도록 하지. 다들 내 제자의 말을 들어 알겠지만 이젠 구파일방이니 오대세가니 세력을 구분지어 내부 다툼을 하고 있을 때가 아니네. 천마신교의 전력은 백년 이래 최강의 상태고, 철혈성이란 신흥세력은 언제부터 그 기초를 다져온 것인지 모르는 미지의 세력. 어디하나 만만한 곳이 없음이니 무림맹의 전력을 다해야 할 것이야."

조금은 부드러워진 무신의 목소리가 회의장에 울려 퍼진다.

†

마뇌의 보고에 천마가 재미있다는 듯 흥미를 드러내며 되묻는다.

"정말 그놈이 나왔다는 건가? 무림맹의 교란책일 가능성은?"

"없습니다. 진짜 그분께서 나타나신 듯 싶습니다."

"다신 무림에 나타나지 않을 것처럼 모습을 숨기더니… 별 일이군. 하긴 요즘 무림 돌아가는 것을 보면 꽤 재미있으니 흥미를 가지지 않을 수 없겠지."

알겠다는 듯 고개를 주억거리는 그에게 마뇌가 머리를 흔들었다.

"그런 것에 재미를 느끼시는 것은 주군뿐이실 겁니다."

"그럴 수도 있지. 그보다 무신 그놈이 무림맹에 간다고 해서 무림맹이 정신을 차릴 수 있을까? 수틀리면 맹주의 명이고 뭐고 무림맹 자체가 박살날 가능성도 있어 보이는데 말이야."

핵심을 꼬집어 묻는 천마를 보며 마뇌는 한숨을 내쉬었다.

"다 아시면서 물어보시는 것은 아니겠지요?"

"머리 쓰는 건 자네 역할이지 않나."

태연히 대답하는 천마에게 마뇌는 고개를 숙이며 답했다.

"무신이 복귀함으로서 무림맹은 이제까지의 불안함을 없애고 이전의 모습으로 돌아갈 확률이 높습니다. 물론

130

세부적으로 보자면 이런저런 약점들이 보이겠습니다만, 확실한 것은 이제까지의 무림맹과는 다르다는 겁니다. 무신이 복귀함으로서 중소문파와 홀로 맹에 들어온 무인들이 크게 안정될 것이고 구파일방과 오대세가의 싸움 역시 중단이 될 겁니다. 안되면 힘으로라도 그리 만들 사람이 무신입니다. 세상 사람들은 그가 무신이라는 것만 알고 있을 뿐이지, 무신이란 인간에 대해선 잘 모르고 있을 겁니다."

"말은 길지만 결국 그 빌어먹을 성격 때문에 강제로라도 무림맹의 상처를 봉합할 확률이 높다는 거지?"

"그러고도 남을 사람이지요."

"쩝…."

입을 다시는 천마.

차갑게 식은 차로 입의 텁텁함을 날려 보낸 그가 마뇌를 향해 물었다.

"그래서 무림맹의 최대 전력 예상치는?"

"은거기인까지 포함합니까?"

"최대 전력이라니까."

당연하다는 듯 고개를 끄덕이는 천마를 보며 마뇌는 눈을 감고 잠시 생각에 빠져든다.

침묵을 지키며 기다리는 천마.

슥.

한참 뒤에야 마뇌는 눈을 뜨며 말했다.

"정파 소속의 은거기인들이 힘을 보탠다면 무림맹의 전력은 현재와 비교 할 수 없을 만큼 상승하게 될 겁니다. 본교의 현 전력에 8할에 육박하다고 봐도 될 것 같습니다."

"그렇게나?"

"우리가 지난 시간동안 전력을 쌓았듯, 정파무림 역시 순조롭게 전력을 쌓아올렸습니다. 게다가 그들의 무공 특성을 생각한다면 지난 시절 모습을 보였던 은거기인들 중 최소 5할은 살아있다고 보아야 하니… 그 정도는 족히 될 것입니다."

마뇌의 설명에 천마는 고개를 끄덕인다.

하지만 그 표정엔 걱정이라곤 조금도 깃들지 않았는데 당연한 일이었다.

마뇌는 말했다.

'현 전력' 이라고 말이다.

천마신교의 평상시 전력은 원로원과 천마의 호위를 맡은 천마호검대를 제외한다.

원로원은 어지간한 상황이 아니면 움직이지 않으며, 천마호검대는 그 이름처럼 천마를 음지에서 호위하는 자들.

132

전력으로 삼기엔 문제가 있는 것이다.

문제는… 원로원만 하더라도 천마신교 전력의 4할은 족히 감당해 낼 수 있다는 것이다.

천마신교의 무인. 아니, 마공을 익힌 무인이 무사히 은퇴를 한다는 것은 결코 쉬운 일이 아니다.

골수까지 침투한 마기 때문에 스스로 미쳐 발작을 일으키다 죽거나, 발작을 일으키기 전에 목숨을 끊는 경우가 대부분이다.

무사히 은퇴를 했다는 것은 그런 경지를 넘어섰다는 것.

한명 한명이 최고의 실력을 지닌 무인이라는 것이다.

그런 이들이 은퇴하며 유유자적 시간을 보내는 곳이 원로원이고 천마신교가 숨겨 놓은 최강의 한 수였다.

"단순 전력이야 비슷한 수준에 오르겠습니다만… 직접 싸우게 된다면 결국 이기는 것은 저희가 되겠지요. 즉각적인 명령과 움직임이 가능한 저희와 여러 단계를 거쳐야 하는 그들 간에 싸움은… 뭐, 보지 않아도 알 수 있는 일이니까요."

"그거야 그놈들의 고질적인 문제이니까. 하지만 그런 문제를 안고서도 오랜 세월 중원을 내주지 않았던 놈들이지 않은가. 충분히 주의를 주어야 할 것이네."

"명심하겠습니다."

천마의 말에 깊이 고개를 숙이는 마뇌.

이제 이야기는 무림맹이 아닌 철혈성으로 넘어갔다.

"놈들은?"

"몰려드는 구경꾼들을 받아들이는 일로 분주한 모양입니다. 워낙 성을 크게 지어 놓은 덕분에 아직까진 큰 문제가 없는 것으로 보입니다만, 곧 주변에 간이 천막을 펼쳐야 할 것 같다는 보고가 있었습니다."

"많이도 가는 모양이로군."

"소란이 좀 있긴 했습니다만, 이런 대규모 대회는 오랜만이지 않습니까. 게다가 내걸린 상품이 있으니 눈이 먼 자들이 상당 수 이동 중인 것이지요."

"우리 쪽에선?"

"누가 감히 움직이겠습니까? 다만 큰 싸움을 앞두고 있다는 것을 눈치 챈 것인지 신교 전체가 크게 달아올라 있습니다."

"이대로 아무것도 안하면 꽤 재미있겠군."

"들고 일어설지도 모르지요."

마뇌의 농에 천마는 피식 웃어 넘겼다.

웃겨서가 아닌 그리 된다 하더라도 이겨낼 자신이 있기 때문이다.

괜히 천마라 불리는 것이 아니다.

천마신교 최강의 무인.

그것이 천마다.

그런 사실을 누구보다 잘 알고 있는 것이 마뇌이기에 가능한 농담일지도 몰랐다.

"철혈성 놈들이 뭘 하든 이젠 별 관심 없고. 무림맹 쪽으로 집중을 해봐. 그 놈이 나선 이상 그대로 두고 보고 있을 리 없으니까."

천마의 명에 마뇌는 고개를 숙인다.

NEO ORIENTAL FANTASY STORY

第6章.

第 6 章.

　무림맹에 잠입을 한다는 것은 쉬운 일이 아니다.

　유명 문파 출신이거나 무림에서 이름을 알린 자가 아니라면 깐깐한 조사를 통해서만 무림맹 무인이 될 수 있었다.

　적어도 공식적으론 말이다.

　실제로는 정파 무인이라면 큰 문제없이 무림맹의 일원이 될 수 있었고, 조사도 간단한 형식적인 것에 불과했다.

　그마저도 귀찮을 시에는 약간의 뇌물을 받친다면 쉽게 넘어가곤 했다.

　무림에 이름을 알리지 못한 무인들에게 무림맹에 소속

된다는 것은 그것만으로도 충분히 자랑감이 될 수 있기 때문에 이런 일은 비일비재하게 벌어졌다.

하지만 흑영은 그리 할 필요가 없었다.

철혈성이 무림 전체를 상대로 오랜 시간 공작을 펼쳤고 그 중에는 정파에 속한 문파 역시 존재했다.

현검문(賢劍門)이란 문파가 있다.

많고 많은 중소문파 중의 하나이지만 나름 그들 중에서도 제법 힘을 발휘하는 문파였는데, 그 숫자는 적으나 하나하나의 실력이 나쁘지 않은 것으로 유명했다.

산동을 본거지로 움직이는 문파로 그쪽에선 손에 꼽는 문파이기도 했다.

무림맹이 구성되고 현검문 역시 무림맹에 참가했는데 문파의 인원 대부분을 문주인 현월검 이지학이 직접 이끌고 왔다.

산동에서 다섯 손가락 안에 든다는 강자인 그가 깊은 밤중에 자신의 거처에서 한 사람을 향해 오체투지 하고 있었다.

"당분간 이곳에 머물 것이다."

"준비토록 하겠습니다."

"내일 점심을 기해 정문으로 사람을 보내도록. 그곳에서 기다리고 있겠다."

"존명."

스스슥.

현월검이 고개를 깊이 숙이며 대답하는 순간 그의 앞에 있던 사내의 기척이 사라진다.

그러고도 한참을 자세를 유지하던 현월검은 자리에서 일어서자마자 다급히 움직이기 시작했다.

다음날이 되자 현월검은 즉시 믿을 수 있는 제자들을 내보내었고 얼마 지나지 않아 사내를 무림맹 안으로 데려올 수 있었다.

"수고했다."

"감사합니다."

고개를 숙이는 현월검의 앞에 선 사내.

흑영이었다.

철무진의 명을 받은 그가 마침내 무림맹에 침투한 것이다.

"무림맹이 하나로 뭉치는 일을 방해한다."

"최선을 다하겠습니다."

"나가보도록."

명이 떨어지자 그가 방을 빠져나간다.

이제까지 자신이 머물던 방이지만 현월검은 당연하다는 듯 쉽게 방을 비웠다.

당연한 일이었다.

자신보다 훨씬 더 높은 자리에 있는 것이 흑영이었으니까.

무림맹에 들어왔다고 해서 당장 흑영이 할 수 있는 일은 없었다.

우선은 무림맹 내부의 일을 관찰하며 자신이 움직일 틈을 찾는 것이 먼저였다.

기회는 생각보다 일찍 찾아왔다.

"아무리 맹주라 하더라도 이건 너무 심한 처사요."

"나 역시 그리 생각하오. 제 아무리 맹주라 하더라도 결국 그 자리에 앉게 된 것은 우리 덕분이 아니요."

곤륜 장로의 불만에 동의하고 나선 것은 화산의 장로였다. 아니 두 사람 뿐만 아니라 자리에 앉은 대다수의 사람들이 불만을 토로하고 있었다.

맹주의 명령으로 인해 자신들의 수족이나 다름없는 청룡대가 와해되었고 그 뒤로도 여러 가지 간섭을 해대고 있었다.

"이번 일로 인해 우리가 받을 피해가 얼마나 될 런지 상상이 가질 않소."

"그나마 오대세가 놈들도 마찬가지인 상황이니 위안은

142

되겠지만 이대로라면 무림맹을 유지하는 것이 힘들지 않겠소?"

곤륜 장로의 말에 모두의 시선이 그를 향한다.

"솔직히 터놓고 말해서 맹주가 그렇게까지 조심을 하는 이유를 난 모르겠소이다. 마교놈들이나 철혈성 놈들이 위험한 존재라는 것은 알겠으나 본맹의 진정한 힘은 그들을 누르고도 남음이 있소. 무림신룡이라 불리지만 결국 애송이인 놈의 말을 그대로 믿는 것도 문제지 않겠소."

"동의하는 바요. 맹주가 무슨 생각을 하는 것인지 알 수 없으나 이번 일로 인해 이득을 본 것은 우리도 오대세가도 아닌 중소문파들이요. 그들의 성장은 곧 우리의 이득이 줄어든다는 것이지."

그 말에 고개를 끄덕이는 사람들.

그동안 쉽게 얻던 이득들이 한 순간에 사라진 것이나 마찬가지이니 그들의 불만은 하늘을 찔렀다.

그럼에도 불구하고 맹주의 앞에서 이런 이야기를 하지 못하는 까닭은 그가 무신이기 때문이다.

천마에게 맞설 수 있는 유일한 인물.

그 때문이라도 맹주의 자리에서 끌어 내릴 순 없었다.

그런 감투라도 없다면 무신이 무림맹에 묶여 있을 이유가 없다는 것 정도는 다들 알고 있는 사실이니까.

그렇게 구파일방의 장로들이 모여 맹주를 욕하고 있을 때 오대세가 역시 자신들끼리 모여 이야기를 나누고 있었다.

하지만 그 방향은 구파일방과 상당히 달랐다.

"맹주님의 이번 지시로 서로 간의 이득은 줄어들겠지만 그것은 구파일방 역시 마찬가지니 큰 불만은 없으실 겁니다."

"불만이 아주 없는 것은 아니지만… 당장은 어쩔 수 없는 일이지 않소."

신묘 제갈량의 말에 남궁세가주 창룡검(蒼龍劍) 남궁혁이 쓰게 웃으며 대답한다.

그에 일제히 고개를 끄덕이는 가주들.

"그래도 난 다행이라 생각하오. 맹주가 아니었다면 우리는 아직도 놈들의 힘에 대해 제대로 알지 못했을 것이 아니오. 지금이라도 대비를 할 수 있음이니 다행으로 여겨야 하겠지."

말을 한 것은 사천당가의 주인 암왕(暗王) 당세기였다.

칠왕의 일인이자 당가의 주인인 그는 이름에 어울리지 않을 정도로 말라 있었는데, 저런 몸으로 어찌 암왕으로 불리는 것인지 알 수 없을 정도였다.

사천당가는 그 이름처럼 사천지방을 중심으로 움직이는 세가다.

적어도 사천에선 누구도 그들을 건드릴 수 없으나, 근래 철혈성이 개파하면서 그렇지 않아도 그들의 신경이 곤두서 있었다.

같은 지역의 적임에도 불구하고 제대로 된 정보를 구할 수가 없었던 것이다.

그런데 이번에 어느 정도 정보에 대한 갈증이 해소되었지만 그로 인해 더욱 긴장하게 된 그였다.

"급전을 보내 최악의 사태에 대비하도록 세가에는 지시를 내렸소. 맹주의 말을 반만 믿는다 하더라도 세가에 큰 충격이 있을 것은 자명한 사실이니."

"만약의 경우엔 우리가 적극 돕도록 하겠소."

"고맙소이다."

하북팽가의 주인 호왕도(號王刀) 팽성의 말에 암왕이 고개를 숙여 감사를 표한다.

그뿐만 아니라 다른 세가들 역시 만약의 경우엔 큰 힘이 되어줄 것이다.

그만큼 오대세가의 결속은 단단했다.

"백호대를 잃어버린 것은 아쉬운 일이나 이번 기회에 각 세가의 정예들을 불러들임으로서 진정한 오대세가의 힘을 보여줄 필요가 있다고 봅니다. 게다가 아직 구파일 방에선 맹주님의 말을 못 믿고 건성건성 움직일 것이 뻔하니 우리가 먼저 움직여 저들을 자극하는 것도 나쁘지 않은 선택이 될 것입니다."

"흠… 당연히 그리 해야 하겠지만 제갈세가주의 말에선 뭔가 우리가 얻을 수 있는 것이 있단 말로 들립니다, 그려?"

신묘의 말에 반응한 것은 이제까지 조용히 있던 모용세가의 주인 유성검(流星劍) 모용대였다.

장신의 몸을 적극 활용한 그의 검술은 상대하는 것이 극히 까다롭다 알려져 있었다. 하지만 그의 무공실력보다 무서운 것은 그 머리였다.

모용세가가 진정한 오대세가로 발돋움하게 만든 장본인이란 소리를 들을 정도였다.

"그렇습니다. 맹주님의 명령을 적극적으로 우리가 먼저 수용을 함으로서 맹주님의 신용을 얻을 수 있지요. 그것이 무엇을 뜻하는 것인지 이 자리에 계신 분들이 모를 것이라 생각지 않습니다."

그의 말에 모두들 미소를 짓는다.

무림맹의 수장인 무신의 신뢰를 얻는 다는 것은 여러모로 많은 이득이 따라 붙는다.

146

물론 신뢰를 얻기 위해 출혈이 있기야 하겠지만 모든 일이 끝났을 때 오대세가는 구파일방 보다 월등히 윗선에 존재할 것이 분명했다.

수족처럼 움직이는 자신들을 두고 불만만 터트리는 구파일방을 신용 할 순 없을 테니까.

"그럼 모두들 찬성한 것으로 알고 각 세가의 정예들을 불러들이는 것으로 하지요. 무력부대가 어떤 식으로 재편이 될지 모르겠으나 각 부대를 이끄는 것은 우리 오대세가의 무인이었으면 좋겠군요."

신묘의 말에 가주들이 크게 웃으며 자리에서 일어섰다.

"결국 구파일방과 오대세가 간을 이간질해야 한다는 것인데… 구파일방 쪽으로 선이 있던가?"

이리저리 계획을 세워보지만 흑영은 곧 머리를 휘저었다.

지금 무림맹에서 자신의 자리는 현검문의 무인들 중 한 사람이다. 이런 상황에서 홀로 뭔가를 할 수는 없는 일이다.

그때였다.

현월검이 다급히 방으로 들어왔다.

"무슨 일이지?"

"잠시 뒤 맹의 무인 전부 집합하라는 명이 떨어졌습니다. 아무래도 무력부대의 재편 때문인 것으로 파악됩니다."

"그래?"

그 말에 눈을 빛내는 흑영.

돌파구가 그곳에 있을 것 같은 기분이었다.

"바로 움직이지."

"예!"

족히 수십 개의 연무대가 만들어져 있는 대연무장에 무림맹 무인들이 쉬지 않고 몰려들고 있었다.

많은 사람들이 몰려듦에도 불구하고 질서 유지는 의외로 잘 되고 있었다. 각 세력 별로 자리를 잡기 때문이었다.

임시로 만들어진 단상의 앞으로 구파일방과 오대세가가 자리를 잡고 그 뒤로 중소문파들이. 다시 그 뒤로는 소속이 없는 무인들이 자리한다.

간간히 실력이 있는 고수들이 앞줄에 서기도 하지만 그것은 극소수에 불과했다.

얼추 대부분의 무인이 집결했다 싶을 때 귀를 울리는

징소리와 함께 단상위로 무신이 모습을 드러낸다.

쩡!

무신의 등장과 함께 조용해지는 대연무장.

어느새 단상 밑으로 태현이 모습을 드러낸다.

그때 태현의 눈에 우연히. 아주 우연히 한 사람이 눈에 들어온다.

'누구지?'

중소문파의 인원들 속에 섞여 있는 한 사내.

분명 처음 보는 얼굴이지만 익숙했다.

거리가 멀어 확실하진 않지만 태현은 자신의 감을 믿었다.

당장이라도 움직이고 싶지만 때를 맞춰 무신이 말을 하는 바람에 움직일 수 없었다.

"앞으로 열흘 후 맹의 무력부대를 일괄 재편성한다! 소속 관계없이 오직 자신의 실력만으로 인정을 받을 것이며, 이름은 이전과 같이 청룡, 백호, 주작, 현무로 정한다! 무림이 어지러운 지금 진정한 영웅을 필요로 하니, 여러분들이 자신의 모든 능력을 보이길 나는 바라고 있다."

"오오오…!"

여기저기서 놀라는 소리가 들려온다.

무력부대가 해체되었다는 소식은 일찍이 전해졌지만 언제 새로 편성되는 것인지 알지 못했는데, 이제야 알려진 것이다.

게다가 출신 상관없이 자신의 실력만으로 결정을 짓는다는 것은 무척이나 매력적인 일이었다.

"그동안 현무대가 맡고 있던 일은 차후 편성될 일반 부대로 이전 될 것이고, 차후엔 현무대 역시 전투에 나서게 된다. 쉽게 말해 현무대에도 실력을 갖추지 않은 자는 뽑힐 수 없다는 것이다."

무신의 말이 이어지자 모두들 깜짝 놀란 얼굴을 한다.

그동안 현무대는 무력부대로 나뉘긴 하지만 사실 여러 잡일을 하는 수준에 불과했다.

중소문파에 속하지 못한 일반 무인들이 모인 곳이다 보니 무림맹의 경계를 선다던지 하는 사소한 일에만 투입이 되었고, 실제 전투에 투입되는 일은 극히 드물었다.

그런데 무신의 말대로라면 앞으로 현무대 역시 전투에 참여하게 될 것이고 그동안 맡고 있던 역할은 다른 부대로 이전이 되는 것이다.

이 말은 즉, 그동안 현무대에 속했던 자들이라 하더라도 실력이 되지 않으면 밀려나게 된 다는 것이었다.

많은 소란이 일어났지만 몇 가지 사항을 더 말을 한 무신은 곧장 모습을 감추었고, 뒤를 이어 군사인 신묘가 올라와 이야기를 덧붙였다.

그러는 사이 태현은 무신의 뒤를 따라 움직였지만 그의 시선이 간간히 그를 향한다.

'분명… 본 것 같은데.'

'젠장, 들통 난 줄 알았군.'

등에 흐르는 식은땀을 느끼며 흑영은 이를 갈았다.

자신에게 정확히 시선을 대놓고 움직이는 태현 때문에 모르는 척 하느라 힘들었던 것이다.

이미 태현에 대한 정보를 많이 가지고 있는 그였기에 최대한 보이지 않기 위해 노력했지만 어떻게 된 것인지 정확히 자신을 바라보았던 것이다.

우연이라 할 수도 있는 일이지만 불안하기 짝이 없었다.

'너무 쉽게 생각한 건가?'

으득.

이를 악무는 흑영.

때마침 흩어지는 사람들 틈에 끼어 곧바로 자신의 거처로 향한다.

'아무래도 좋지 않아. 일단 이곳을 벗어나야 하겠어.'

때론 감이 무엇보다 중요할 때가 있다는 것을 아는 흑영이기에 그 길로 바로 맹을 벗어날 채비를 갖추기 시작했다.

한편 무신의 뒤를 따라 움직이던 태현은 어디서 그를 본 것인지 생각났다.

"놈이었구나!"

걷다 말고 돌연 소리를 치는 태현을 향해 뒤돌아서던 무신이 본 것은 어느새 몸을 날리는 태현의 뒷모습뿐이었다.

"음…."

태현을 안지는 오래되지 않았지만 저렇게 다급해 보이는 모습은 처음이었던 무신은 잠시 고민하다 곧 곁에서 따르던 무인에게 명을 내린 뒤 태현이 사라진 곳을 향해 몸을 날린다.

파바밧!

휘휙-!

빠른 속도로 담벼락과 건물을 뛰어넘어 대연무장으로 향하는 태현.

다른 사람의 눈을 신경 쓰지 않은 덕분에 금세 대연무

장에 도착 할 수 있었지만 이미 늦은 것인지 사람들이 뿔뿔이 흩어지고 있었다.

소란스런 대연무장을 휘둘러보는 태현.

'이렇게는 찾을 수 없다.'

당장 눈에 보이는 사람의 숫자만 수천.

태현 혼자의 눈으론 결코 숨어 있는 한 사람을 찾는 것이 불가능한 일이었다.

'그의 위치는… 중소문파의 사이.'

그가 있던 위치를 떠올린 태현은 재빨리 단상을 정리하고 있는 무인에게 달려가 물었다.

"중소문파의 거처가 어딥니까?"

"서쪽 구역입니다만…?"

갑작스런 물음에 당황하면서도 대답하는 그를 두고 태현의 신형이 서쪽으로 솟아오른다.

그에 많은 이들의 시선이 태현을 향하지만 개의치 않고 빠르게 움직이는 태현.

거대한 규모를 자랑하는 무림맹이라 서쪽 구역이라 하더라도 쉽게 볼 일이 아니었다.

특히 무림맹의 지리에 익숙해지지 않은 태현이기에 더욱 그러했지만, 사부의 원수이자 철혈성의 간자임이 분명한 놈을 이 자리에서 놓칠 순 없는 일이었다.

파바밧!

가벼운 몸놀림으로 건물 꼭대기에 올라서는 태현의 시선이 날카롭게 이곳저곳을 살핀다.

뿐만 아니라 광범위하게 내공을 풀어 놓으며 기감을 넓히기 시작했다.

무신의 지도를 받기 시작하며 내공을 다루는 실력이 훨씬 더 좋아졌을 뿐만 아니라, 치료를 받으며 몸의 기운이 완벽하게 녹아들어 무신조차 내공으론 태현의 상대가 되지 않을 정도였다.

그런 태현이 작정하고 내공을 풀어냈음이니.

그 범위가 서쪽 구역 전체를 감당하고도 남음이 있었다.

'내 감이 틀리지 않다면… 흑영이라 불리는 놈이 확실해!'

과거 놈을 처음 보았던 것은 묵살검 사부의 거처로 향하는 도중이었다.

자신이 조금 늦었던 탓에 묵살검 사부가 놈에게 죽임을 당했었다. 그때의 원한을 태현은 잊지 않았다.

그 많은 사람들 중에서 흑영을 알아볼 수 있었던 것은 그날 흑영에 대한 인상이 워낙 깊었기 때문이기도 하지만 놈의 기운을 몸이 기억하고 있었다.

넓게 퍼져나간 기감에 걸려드는 수도 없이 많은 사람들.

많은 사람들 중에 한 사람을 찾는 다는 것은 결코 쉬운 일이 아니다.

주륵-.

뺨을 타고 흐르는 땀방울.

그렇게 초조한 시간이 흐르기만 할 때.

번쩍.

"찾았다!"

파바밧!

감고 있던 눈을 뜬 태현의 신형이 허공을 가른다!

사방에 퍼지는 기의 흐름에서 억지로 몸을 숨기고 조심스레 움직이는 흑영.

팔영들 중에서 유일하게 암살과 관련된 모든 것을 배운 그는 무림 전체를 따져도 한 손에 꼽을 만큼 그 방면으론 최고의 실력자다.

그 중에는 상대의 기감을 피해내는 훈련 역시 있었기에 지금 능력을 최대한 발휘하여 움직이고 있었다.

"문을 닫아라! 맹주님의 명령이시다!"

문에 도착했을 무렵 누군가의 외침과 함께 일단의 무

리들이 빠르게 움직이며 명령을 내리기 시작했다.

태현이 급작스레 움직이는 것을 보고 심상치 않다 판단한 무신이 내린 명령인 것이다.

흑영이 있는 곳에서 성문까진 삼십 장.

빠르게 움직이며 성문을 닫으려는 무림맹 무인들을 보며 흑영은 혀를 차곤 폭발적으로 발을 굴려 움직였다.

쐐애액—!

"비켜!"

빠르게 움직이며 소리를 내지른 흑영.

갑작스런 외침에 사람들의 움직임이 멈춘 그 순간을 흑영은 놓치지 않고 성문을 빠져 나간다.

흑영이 성문을 빠져나가고 나서야 그것을 인지한 무림맹 무인들이 다급히 움직였지만 이미 흑영의 신형은 저 멀리 사라지는 중이었다.

하지만 그보다 빠르게 움직여 성문을 뛰어넘는 한 사람이 있었다.

우우우…!

허공을 가르는 기묘한 소리와 함께 화살보다 빠른 속도로 달려 나가는 태현!

"쪼, 쫓아라!"

너무나 빠른 움직임에 누군지 구분도 되지 않았기에

성문 무인들이 다급히 두 사람을 쫓기 위해 움직인다.

하지만 준비가 끝났을 때는 이미 두 사람의 신형이 완전히 사라진 뒤였다.

휘휙-! 휙!

빠른 속도로 뒤로 사라지는 건물들을 지나 눈앞에 숲의 모습이 들어오지만 멀리 사라지는 놈은 가까워질 줄모른다.

으득!

'놓치지 않는다!'

이를 악문 태현은 내공을 더욱 끌어올리며 무영풍 사부의 독문무공 무영천리공(無影千里功)을 극성으로 운용하기 시작했다.

천하제일의 발을 가졌던 무영풍의 무공이 지금 태현의 몸을 빌어 다시 세상에 모습을 드러낸다!

스팟!

이제까지 태현의 움직임이 화살의 속도에 비견 된다면지금은 그야 말로 바람.

주변의 광경이 한줄기 빛과 같이 변했을 때.

놈의 등이 서서히 보이기 시작했다.

'젠장!'

흑영은 이를 악물고 앞으로 달렸지만 태현과의 거리가 점점 가까워지고 있음을 느끼고 있었다.

그와 함께 그의 사부 중 한 사람이 무영풍이었음을 떠올린다.

전설적인 경공의 대가.

그의 모든 것을 배웠다면 아무리 자신이 빠르게 달린다 하더라도 잡히는 것은 시간 문제였다.

'방법을 찾아야 한다. 방법을.'

식은땀을 가득 흘리면서도 머리를 굴리는 그.

수하들이라도 있었다면 어떻게든 이용을 해보겠지만 최대한 은밀하게 움직이기 위해 홀로 움직인 것이 탈이 되었다.

아쉽지만 없는 것을 당장 만들어 낼 수도 없는 일.

흑영의 시선이 주변을 살피고, 머릿속으론 인근의 지도를 떠올린다.

'산으로 유인해야 하나?'

이미 도망치기는 늦은 상황이다.

맞서 싸워야 하는 상황이니 만큼 최대한 자신에게 유리한 장소에서 싸울 필요가 있었다.

태현에 대한 정보를 가장 많이 가지고 있는 곳이 철혈

성이고 흑영 역시 지겨울 정도로 잘 알고 있었다.

팔영 중 넷을 없애버린 사내니 당연한 일이다.

'저런 놈을 상대로 정면에서 싸우는 것만큼 멍청한 짓은 없지. 어떻게 해서든 내 싸움으로 만들어야 하는데….'

그때 그의 눈에 멀리 수풀과 암석으로 가득한 산이 눈에 보였고, 동시 지도가 머릿속에 그려진다.

'높은 산은 아니지만 수풀이 무성하고 암석이 많아 지형지물을 이용하기 좋고, 숨어들기도 편하다. 이 주변에선… 최고의 선택지가 되겠어.'

생각은 길었지만 결정은 빨랐다.

즉시 방향을 바꾼 흑영은 자신이 가진 최고의 무기를 준비하기 시작했다.

휙-!

갑작스레 방향을 바꾸는 놈을 보며 태현 역시 어렵지 않게 방향을 바꾸며 뒤를 쫓았다.

자신이 빠르게 다가서고 있다는 것을 알고 있으면서도 방향을 바꾼다는 것은 자신을 어떻게든 떼어 놓기 위한 수단일 수도 있고, 맞서 싸우기 위해 자신에게 유리한 장소로 이동을 하려하는 것일 수도 있었다.

흑영 스스로는 적인 태현에 대해 잘 알고 반대로 태현은 자신에 대해 모른다고 생각했지만 아니었다.

태현은 이미 흑영과 한 번 마주친 적이 있었다.

그리고 당시의 경험과 사부인 묵살검의 죽음을 받아들이며 흑영에 대해 최대한 많은 것을 알아냈다.

'자신의 영역으로 끌어들이려는 것이로구나. 하지만… 어리석은 선택일 뿐. 살왕(殺王)의 자리를 노렸던 묵살검 사부님이시다. 진정한 살예(殺藝)를 보여주마.'

태현의 두 눈이 차가운 빛을 발한다.

†

꾸구구, 부엉!

꾸에엑! 꿱!

숲의 정적을 깨트리며 울려 퍼지는 새소리.

수풀이 무성하게 자란 숲은 하늘을 가리며 빛이 들어오는 것을 막는다.

어둠이 가득한 숲.

사람의 손길이 조금도 닿지 않은 그곳에 태현은 조용히 숨을 죽이고 서 있었다.

조금의 미동도 없는 그.

5

존재하지만 존재하지 않으려는 것인지 자신의 모든 기척을 지워내는 태현.

어느새 곤충들이 그의 몸에 들러붙는다.

오랜 세월 그 자리에 존재한 돌이라도 되는 듯 완벽히 자신을 지워버린 태현이지만 실상은 눈을 감은 채 조용히 그리고 은밀하게 기감을 늘려나간다.

흑영은 살수다.

현 무림을 통 털어도 한 손에 꼽을 수 있을 수준의.

그것을 알기에 태현은 더욱 조심스레 주변을 훑었다.

살수와 싸운다는 것은 괴롭기 그지없는 일이다.

정신력과의 싸움인데다 종이 한 장의 빈틈을 노리고 파고들기 때문이다.

제 아무리 강한 고수라 하더라도 살수의 치밀한 계획과 움직임에 당하고 마는 것이 무림이다.

하지만 반대로 수많은 살수들이 고수들에게 죽임을 당해왔다. 은밀성을 잃었거나 계획이 들통 났기 때문이다.

그렇기에 오랜 세월 살수들은 살수들만의 무공을 익혀왔고 발전시켜 왔다.

더욱더 은밀하게.

더욱더 치밀하게.

더욱더 완벽하게.

죽임의 대상이 눈을 감는 그 순간까지 죽음을 인지하지 못하는 것을 최고의 경지로 두고 살수들은 발전해 왔다.

그 과정에서 불리어진 이름 하나.

살예(殺藝).

살인의 예술.

모든 살수들이 추구하는 궁극의 경지.

그 경지에 가장 가깝게 도달했을 것이라 믿어 의심치 않았던 흑영이지만 지금 이 순간 그 모든 것이 부서져 나가고 있었다.

'이건 있을 수 없는 일이야!'

자신의 두 눈을, 감각을 믿을 수 없는 일이 지금 펼쳐지고 있었다.

태현을 자신의 공간으로 끌어들인 것은 좋았지만 어느 순간부터 놈의 흔적이 완벽하게 사라졌다.

뿐만 아니라 기척까지 느껴지지 않는다.

처음부터 이곳에 존재하지 않았다는 듯.

하지만 놈은 분명 자신의 두 눈 앞에 서 있었다.

가리어진 수풀 틈으로 보이는 인형의 모습은 태현이 분명했다.

5

그럼에도 자신의 감각엔 조금도 걸리지 않는다.

'젠장! 일단 진정하자. 긴장하지마라, 흥분하지마라.'

이를 악물며 자신을 다스려 나가는 흑영.

살수에게 있어 가장 중요한 것은 자신을 다스리는 일이었다.

자신을 다스리지 못하는 살수는 실수를 범하기 쉽고, 은밀성이 생명인 그들에게 실수란 곧 죽음과 같은 말이다.

빠르게 자신의 감정을 지워나간 흑영은 태현처럼 자신의 기척을 지워나간다.

'날 유혹하려는 것이겠지만 어림없다. 이젠… 인내 싸움이다.'

살수에게 요구되는 또 다른 하나가 바로 인내심이다.

파 놓은 함정에 상대가 걸려들 때까지 기다리는 인내심.

살수 최대의 무기라 할 수도 있는 그것으로 흑영은 조용히 기회를 노린다.

'역시 걸려들지 않는군.'

어느 정도 기감을 늘리고 나서 태현은 더 이상 기감을 늘리지 않았다.

기감엔 걸리지 않지만 자신의 육감은 놈이 이 근방에 있다고 알려주고 있었다.

때론 무엇보다 중요한 것이 자신의 육감이다.

적당한 빈틈을 보여 놈을 유인한 뒤 단숨에 처리하려고 했으나 걸려들질 않았다.

'괜한 짓을 했나?'

놈을 조금이라도 흥분시키기 위해 묵살검 사부에게 전수받은 무공의 일부분을 내보였다.

일부분이라기 보단 자신이 배운 무공의 가장 깊은 곳을 내보인 것이나 마찬가지였다.

그럼에도 걸려들지 않았다는 것은 흑영이 이미 살수로서 경지 이상에 올랐다는 뜻.

제 아무리 태현이라 하더라도 방심 할 순 없는 일이었다.

묵살검 사부에게 살수무공을 전수 받았다고는 하나 본격적으로 파고든 것이 아니기에 확실하게 따지자면 살수로서의 능력은 태현이 훨씬 더 떨어진다.

그런데도 그와 대등한 싸움을 펼칠 수 있는 것은 천기자에 의해 손봐진 무공을 익힌 데다, 살수에 대해 반응하는 것에 있어선 누구보다 혹독한 훈련을 받았기 때문이었다.

그리고 재능.

태현의 무공에 대한 재능은 이미 무엇이라 설명할 수 없을 정도였다.

그렇기에 천기자가 제자로 삼았던 것이지만.

'이제 어쩐다….'

고민해 보지만 결국 자신이 해야 하는 일은 정해져 있다.

스윽.

발걸음을 옮기자 그의 몸에 붙어 있던 곤충들이 놀란 듯 빠르게 떨어져 나간다.

저벅저벅-.

수풀을 헤치며 움직이는 태현.

날카롭게 몸을 다듬으며 언제든 움직일 준비를 마친 태현은 거침없이 앞으로 걸었다.

무성하게 자란 수풀은 연신 발걸음을 붙들지만 태현의 움직임은 거침이 없다.

숨죽이는 시간이 흘러가고.

인근을 원을 그리며 몇 바퀴를 돌아도 흑영의 움직임은 감지되지 않는다.

철저하게 자신의 빈틈을 노리고 있으리라.

'이대로는 시간만 보낼 뿐인데….'

고민은 하지만 딱히 좋은 방법이 떠오르지 않는다.

마음먹고 숨어든 살수를 찾는다는 것은 결코 쉬운 일
이 아니었다.

누구보다 예민한 기감을 지닌 태현이라 하더라도 말이
다.

'차라리…'

뭔가를 결심한 듯 태현의 눈빛이 달라진다.

우우웅.

어마어마한 내공이 태현을 중심으로 휘몰아치기 시작
한다.

사방을 압도하는 강렬한 내공!

폭풍과도 같은 상황에서 태현은 천천히 청홍검을 뽑아
들었다.

웅, 웅!

낮게 울음을 터트리는 청홍검!

쏟아지는 내공을 거침없이 받아들인 청홍검의 위로 푸
른 검강이 생성되고, 그 기세에 숲의 짐승들이 날뛰기 시
작한다.

퍼드득!

까아악! 깍!

숲의 하늘 위로 새들이 날아오르고 인근의 곤충들이
일제히 태현에게서 멀어지기 위해 이동을 시작했다.

쿠구구구…!

밀도 높은 내공의 흐름이 이어지자 대지가 견디지 못하고 흔들리기 시작했다.

'사, 오, 육… 칠 할.'

드드드!

칠 할에 이르는 내공을 끌어 올리는 태현.

죽음의 위기를 넘기고, 무신의 치료를 받으며 몸 안에 잠들어 있던 기운까지 전부 내공으로 녹여냈다.

그 전에도 태현이 가진 내공의 양은 어마어마한 것이었지만 이젠 누구도 내공으론 태현에게 대적할 수 없을 정도였다.

우웅, 웅! 웅!

어마어마한 내공의 양에 청홍검도 더 이상 견디기 어려운 것인지 연신 비명을 토해내던 그때.

태현의 신형이 허공으로 솟아올랐다.

우우우-!

길게 뽑아내는 장소성.

혹시나 주변에 있을지 모르는 사람들에게 내보내는 경고음이 줄어들고… 태현의 신형이 땅을 향해 떨어져 내린다.

'더 이상 숨을 수 없을 거다!'

"극검(極劍)!"

천검삼식의 절초이자 유일한 공격 초식인 극검이 숲을 향해 펼쳐진다.

우우우-!

뭔가 이상하다 했더니 허공으로 몸을 빼며 주변에 울리는 장소성.

'미친 놈!'

단번에 놈이 무엇을 하려는 것인지 눈치 챈 흑영은 재빨리 몸을 돌렸다.

더 이상 은밀함을 유지할 필요는 없다.

방금 전 놈이 내뿜은 내공만으로도 알 수 있었다.

자신은 결코 놈의 상대가 될 수 없다는 것을.

파바밧!

당장은 어떻게든 놈의 공격 범위에서 벗어나는 것이 중요했다.

일단 살고 봐야 뒷일을 도모 할 수 있을 테니까.

그렇게 몸을 움직인 지 얼마 되지 않아.

굉음과 함께 어마어마한 기의 폭풍이 흑영을 덮친다.

콰콰쾅-!

콰르르릉!

"크아아악!"

비명과 함께 흑영의 신형이 날아드는 숲의 잔해들에
휩싸인다.

후두둑!

허공에 떨어져 내리는 흙과 돌들을 고스란히 맞으며
천천히 몸을 일으키는 태현.

어마어마한 내공을 퍼부은 만큼 태현을 중심으로 일대
수십 장은 초토화라 불러도 좋을 만큼 거대한 원을 그리
며 어떠한 것도 남아나질 않았고, 그 충격으로 족히 수백
장에 이르는 숲이 파괴되었다.

암석이 많은 숲이다 보니 충격에 돌이 날아가며 그 파
괴력이 더해진 것이다.

상상을 초월하는 파괴력이지만 태현은 손으로 먼지를
쫓아내며 천천히 발걸음을 옮긴다.

"끄어어…"

멀리서 들려오는 신음소리.

허공으로 솟아오르는 순간 흑영의 기척을 발견했지만
자신의 공격 범위를 벗어날 수 없을 것이라 생각했는데,
정확히 맞아 떨어진 듯 싶었다.

욱씬, 욱씬.

"역시 좀 위험한가?"

몸 곳곳이 아파온다.

일격에 막대한 내공을 퍼 붙는다는 것은 육체에도 상당한 무리가 가는 일이다.

무신을 만나며 혹독한 육체적 수련을 거치지 않았다면 이전에는 이와 비슷한 일을 할 엄두도 내지 못했을 터다.

당장 강화된 육체를 가지고서도 이리 아플 정도라면 그 전에는 어떠했을 지 상상도 되지 않는다.

저벅저벅-

발걸음을 옮기는 동안 먼지가 서서히 가라앉는다.

그리고 놈이 보였다.

흙과 나무의 잔해에 깔린 채 얼굴 가득 피를 흘리고 있는 흑영.

드러나 있는 팔 다리의 방향이 완전히 반대로 향하고 있다.

당장 무림에 내놔도 부족하지 않을 그가 이렇게까지 당한 이유는 단 하나.

살수이기 때문이다.

은밀성을 키우기 위해 육체를 한계에 가까울 정도로 깎아내는 살수들이기에 지금의 공격을 막아낼 육체를 얻을 수 없었던 것이다.

내공으로 육체를 받쳐주는 것에도 한계가 있다.

그 한계를 뛰어넘는 시점에서 이미 흑영에게 버틸 여력은 없었던 것이다.

"잡았군."

차가운 태도로 흑영을 내려다보며 말하는 태현.

무식하다 싶을 정도의 방법이지만 흑영을 잡는데 성공했으니 딱히 문제가 될 것은 없었다.

"우린 할 말이 많을 거야. 그렇지?"

"크… 큭큭. 괴물… 같… 은놈."

태현의 말에 흑영은 폐가 갈라지는 고통 속에서도 처량하게 한 마디를 내뱉었다.

그리고.

콰직.

어금니 사이에 지니고 있던 독단을 깨물었다.

화타가 달려온다 하더라도 결코 살아남을 수 없다는 칠보단혼사(七步斷魂蛇)의 독으로 만들어진 독단이었다.

독단을 깨무는 소리에 태현은 아차 싶었지만 이미 뒤늦은 상황.

"큭큭… 너 역… 시 날 따르… 게 될…"

툭.

웃으며 마지막까지 차가운 눈으로 태현을 바라보던 흑영의 고개가 쓰러진다.

기다렸다는 듯 몸이 부글부글 끓어오르더니 순식간에 증발하기 시작하는 흑영의 몸!

결국 한 줌의 액체 밖에 남지 않은 그의 육체.

하지만 이마저도 잠시 후 땅속으로 스며들며 완전히 그 흔적을 지워버린다.

처음부터 존재하지 않았던 인간처럼.

"아무리 각오를 했다 하나, 이것은 심하구나."

"사부님."

멍하니 흑영이 누웠던 자리를 보고 있던 태현의 어깨를 두드리며 무신이 모습을 나타낸다.

진즉에 인근에 도착했지만 그땐 이미 상황이 거의 종료된 상황이라 개입치 않았던 것이 아쉬웠다.

"사로잡았다면 철혈성에 대한 정보를 얻을 수 있을 것인데 아쉽구나."

"그의 성격을 생각하면 쉬운 일은 아니었을 겁니다."

"하긴, 그러니 독단을 깨물었겠지. 크게 신경 쓰지 말거라. 적에게 베푸는 동정은 때론 독이 되어 돌아오니, 네 스스로 마음가짐을 바로 해야 할 것이다."

툭툭.

태현의 어깨를 몇 번 더 두드려준 무신이 천천히 무림 맹이 있는 곳으로 몸을 날리고, 얼마 뒤 태현이 그 뒤를 따랐다.

第7章.

乱劍武妹 난검두림

第 7 章.

철혈성의 개파를 위해 몰려든 무인의 숫자는 근 1만을 넘어서고 있었다.

그마저도 대형 문파의 인원을 제외한 숫자였는데, 그들 중 실력이 되는 자들은 성 안에 마련된 숙소로 안내를 받았고 그렇지 않은 자들은 임시로 세워진 천막 숙소로 향했다.

천막이라곤 하지만 불만을 가지는 자들은 없었다.

겨울이 다가서는 날씨에 대비해 충분히 난방에 신경을 썼을 뿐만 아니라 음식이 부족하지 않을 정도로 나왔기 때문이다.

너무 많이 몰려드는 인원 때문에 오죽하면 성 밖의 공터에도 천막을 지어야 할 정도였다.

이들 전부를 먹이는데 만해도 어마어마한 돈이 들어가는 일이지만 철혈성은 당연하다는 듯 감당하고 있었다.

그 사실을 깨달은 사람들은 철혈성의 재력에 크게 놀랐다.

어지간한 재력으론 감당 할 수 없는 수준이기 때문이다.

하지만 대부분의 사람들의 시선은 다른 곳으로 집중되어 있었는데, 바로 철혈성 무인들이었다.

하나 같이 강건한 육체와 날카로운 기세를 뿜어내는 그들을 보며 놀라지 않는 이들이 없었다.

소문으로만 듣던 철혈성과 직접 본 철혈성의 모습은 완전히 다른 것이었다.

눈에 보이는 철혈성 무인들 중 강자가 아닌 자가 없었으며, 철저히 자신의 위치에서 맡은 일에 집중하는 모습은 결코 다른 대형 문파에 뒤지지 않았다.

오히려 철혈성을 직접 둘러본 자들 중엔 천마신교와 비교하는 자들이 서서히 나올 정도였다.

그만큼 성의 화려함과 무인들의 강함은 상상을 초월하는 것이었다.

또한 성에서 멀지 않은 곳에 마련되고 있는 대회장은 공사 중이지만 무림인들에게 개방되어 언제든 살펴 볼 수 있도록 했는데.

그 규모가 입이 벌어질 정도였다.

분지 형태의 산 한 가운데에 거대한 시합장을 만들고, 원을 그리며 서서히 올라가는 구릉에 앉을 수 있는 의자들을 설치하여 많은 이들이 편하게 시합을 볼 수 있도록 만들고 있었다.

독특하지만 효율적인 구조에 놀라고 이번 개파 대회에서만 사용될 시합장에 이만한 투자를 한다는 것에 다시 놀란다.

어마어마한 재력!

그것을 눈으로 보자 누구도 상품에 대해 의심하는 자들이 없었다.

시간이 지날수록 상품에 대한 갈망은 뜨거워져 간다.

많은 이들이 모였기에 싸움이 벌어지지 않을 수 없지만 소란을 일으키는 즉시 이번 대회에서 제외시킨다는 철혈성의 이야기에 이를 갈면서도 누구하나 소란을 피우지 않았다.

물론 몇몇 예외가 있었지만 그때마다 공언한대로 멀리 쫓아버리는 철혈성 무인들.

그렇게 그들은 대회가 열리길 기다리고 또 기다렸다.

"허…."

기가 찬 듯 허탈한 웃음을 짓는 무신.

회의장을 가득 채워야 할 무림맹 장로들의 반이 자리를 비우고 있었다.

구파일방과 그들을 따르는 문파는 모조리 자리를 비운데 반해 그나마 오대세가와 그들을 따르는 문파, 중립 문파들은 자리를 채우고 있었다.

그들의 얼굴에도 빈자를 보며 불편한 기색이 역력하다.

아무리 맹주의 지시가 마음에 들지 않는다 해서 이런식으로 행동하는 것은 결코 맹에 좋은 일이 아닌 것이다.

"음… 죄송합니다, 맹주. 아무래도 뭔가 착오가 있는모양입니다. 제가 가서 데려오도록 하겠습니다."

얼굴이 붉어진 현천검제가 자리에서 일어나 맹주에게고개를 숙이곤 곧장 회의장을 빠져나간다.

누구도 이 일이 착오라고 생각하진 않았지만 굳이 이야기 하진 않는다.

다들 자리에서 빠졌는데 현천검제가 이 자리에 나왔다

는 것은 그 역시 이야기를 듣지 못했다는 뜻이니까.

구파일방 그것도 무당의 큰 어른인 현천검제가 듣지 못했다는 것은 여러 가지 시사하는 바가 크지만 무신은 짐짓 모르는 척 자리에 한 이들을 보며 말문을 열었다.

"그래도 그대들이라도 나와서 다행이라고 해야 하겠군."

"부끄럽습니다, 맹주님. 설마 이런 일이 벌어질 줄은…"

"그건 나중에 생각해보도록 하고. 선발 준비는 어찌되어 가지?"

무신의 물음에 조용히 있던 신묘가 앞으로 나섰다.

"마무리 단계에 접어들었습니다. 맹주님의 뜻대로 알려진 실력에 상관없이 모두가 공평한 기회를 받기로 했습니다. 하지만 약간의 문제가 있을 수도 있기 때문에 어느 정도 실력에 제한을 두고 분류를 하는 것이 좋을 것 같아 준비 중입니다."

"거기에 대해선 그대에게 일임하지."

"감사합니다."

고개를 숙이는 신묘의 얼굴에 웃음이 가득하다.

맹주가 맹에 들어선 이후 처음으로 그에게 모든 일을 맡긴 것이다.

그 말은 이번 사태로 인해 구파일방은 맹주의 신임을 크게 잃은 반면 자신들은 크게 얻었다는 간접적인 표현이나 마찬가지였다.

어제까지만 해도 신묘 역시 오대세가의 인물이기에 조금씩 배제하려고 했었으니 말이다.

"이번 선발을 위해 저희는 각 파의 최정예를 불러 들였고, 속속 도착하고 있습니다. 맹주님의 뜻대로 최고의 무림맹이 되도록 최선을 다할 생각입니다."

"음."

만족스런 미소와 함께 무신이 고개를 끄덕인다.

그렇게 회의장에서 회의가 시작될 무렵 현천검제는 굳은 얼굴로 빠른 속도로 구파일방의 거처가 있는 북쪽 구역으로 향했다.

예민한 그의 귀가 오대세가의 정예가 맹으로 올라오고 있는 중이란 것까지 들었지만, 그게 중요한 것이 아니었다.

명색이 정파무림의 기둥이라는 구파일방이 치졸한 짓을 하고 있다는 것이 믿기지 않는 그였다.

'이제까지의 알력 다툼은 눈감아 줄 수 있었지만 이번엔 도가 넘었다!'

으드득!

182

현천검제의 눈에 단호함이 감돈다.

그동안 구파일방 특히 무당이 하는 일이 마음에 들지 않았던 그였으나, 무당을 이끌고 있는 제자들을 생각하여 참아오고 있었다.

허나, 이젠 아니었다.

쾅!

무당파 거처의 문을 부수며 안으로 들어서자 구파일방의 장로들이 한 자리에 모여 있었다.

갑작스런 현천검제의 난입에 깜짝 놀랐다가 편안한 얼굴로 자리에 앉는 사람들.

그 중엔 무당의 장로 오행면장(五行綿掌) 태휘강도 있었다.

하지만 그들은 분위기를 살피지 못해도 너무 못 살폈다.

"이노옴들!"

쿠르르릉!

"헉!"

"쿨럭!"

내공을 실어 외치는 현천검제의 기함에 놀라는 장로들. 그 중엔 가볍게 내상을 입는 자들도 있을 정도로 강한 내공이 실려 있었다.

"내 그동안 사제들의 체면을 봐서 넘어가려 했더니 더 이상은 그 꼴을 못 봐 주겠구나!"

"사, 사백조! 대체 무슨 일로 화가 나신 것인지 모르겠으나 저와 함께….."

"네 이놈! 태휘강 네놈 사부가 이러라고 네놈을 가르친 줄 아느냐!"

괜히 나섰다가 욕을 먹은 태휘강은 시퍼렇게 얼굴이 죽으며 자리에 앉는다.

무당 최고의 배분을 가진 것이 현천검제다.

오제란 신분만 아니었다면 벌써 은퇴를 하고 혼자만의 시간을 가져야 하는 그 임에도 불구하고 아직까지도 현역으로 움직이는 것은 그 모든 것이 무당을 위해서였다.

"네놈들 역시 마찬가지다! 정파 무림의 앞날이 위태로운데 지금 그깟 밥그릇 싸움으로 부끄러운 짓을 벌이다니!"

"아무리 현천검제라 하시더라도 말씀이 지나치십니다!"

화산 장로 풍매검(風梅劍)이 큰소리를 치며 자리에서 일어섰으나 다시 주저앉는 것은 그보다 더 빨랐다.

"닥쳐라! 네놈 사부도 내 앞에서 큰 소리를 내지 못했다!"

어느새 방안 가득 현천검제의 기운이 넘실거린다.

당장이라도 터질 것 같은 그의 기운에 대항하기 바빠 자리에서 더 이상 움직이지 못하는 그들을 보며 현천검제가 입을 열었다.

"제 아무리 자신의 밥그릇이 중요하다 해도 당장의 큰 일을 앞두고 이 무슨 짓이란 말이냐! 무엇을 하든 눈앞의 적을 치워놓고 벌여야 할 것이 아니더냐! 오대세가는 이미 최정예를 불러들여 무림맹을 구성할 준비를 마쳤는데 구파일방은 지금 무엇을 준비했느냐 말이다!"

으르릉─!

단단히 화가 난 현천검제는 식을 줄 몰랐다.

나이가 들고 현천검제란 별호 때문에 가려졌지만 과거 그가 젊었을 적에는 한번 터지면 누구도 말릴 사람이 없을 정도로 열혈 무인이었다.

오죽하면 현천검제가 같은 항렬에서 가장 배분이 높고 실력이 뛰어남에도 불구하고 그 성격 때문에 그의 사제가 장문인 자리를 이어 받았을 정도로 말이다.

"이 자리에서 확실히 말하지. 각 문파 전부 최고의 정예를 최대한 빨리 준비하는 것이 좋을 것이다. 더 이상 맹 내부에서 뒤쳐지기 싫다면! 내 말을 더 이상 듣지 않겠다면 나 역시 더 이상 네놈들에게 관여하지 않겠다! 무림의 모든 연을 끊을 것이다!"

"헉! 사, 사백조!"

"어, 어르신!"

현천검제의 폭탄선언에 깜짝 놀라는 사람들.

무림과 연을 끊겠다는 것은 곧 구파일방 전체를 버리
겠다는 뜻이 된다.

그의 성격을 보아 한번 내 뱉은 말을 되돌리진 않을 것
이다.

무림과 연을 끊겠다는 것은 은퇴하겠다는 말과 다를
것이 없다.

현천검제의 위치는 무림오제의 일인이기도 하지만 구
파일방으로 보자면 오대세가의 오호창제를 견제 할 수 있
는 유일한 인물이었다.

같은 오제에 속한 소림의 불영권제(佛影拳帝)는 그 모
습을 드러내지 않은지 오래라 소림자체가 위험해지지 않
는 이상 밖으로 나오지 않을 가능성이 컸다.

소림에서도 부인하지 않는 사실이기도 했고.

결국 사실상 구파일방이 기댈 수 있는 유일한 존재가
현천검제인데 그가 은퇴하겠다는 소리는 힘의 추가 오대
세가로 급격히 기울어진다는 것과 같았다.

뿐만 아니라 앞으로 있을 싸움에서 상상을 할 수 없는
전력이 빠지는 것이다.

이것이 무림에 알려진다면 구파일방은 돌이킬 수 없는 타격을 입는 것이나 마찬가지였다.

그렇기에 모두들 놀라며 말리려 했지만 현천검제는 이미 자신의 뜻을 정했다.

"더 이상 정파 무림에 먹칠하는 짓은 그만 두는 것이 좋을 것이다. 당장 회의장으로 뛰어가! 당장!"

"예, 예!"

우르르르.

그의 으름장에 황급히 회의장으로 달려가는 장로들.

그 뒷모습을 보며 현천검제가 고개를 숙인다.

"대체… 어쩌다 이런 꼴이 되었을꼬."

허탈한 웃음이 자신도 모르게 쏟아져 나온다.

다급히 뛰어 들어와 자신의 자리에 앉은 구파일방의 장로들이 맹주를 향해 간단히 사죄의 인사를 건네지만 무신의 얼굴은 피지 않았다.

현천검제의 힘으로 이곳에 온 자들이란 사실을 알기 때문이다.

게다가 이들이 들어오기 전에 이미 회의는 끝난 뒤였다.

현천검제가 들어오지 않았지만 무신은 그가 회의장에

더 이상 모습을 나타내지 않을 것이란 걸 알았기에 천천히 입을 열었다.

"회의는 끝났으나 뒤늦게라도 들어왔으니 내용은 전달해야 하겠지. 군사가 설명하도록."

차가운 말투로 그들을 바라보며 신묘에게 정확히 군사라 칭하는 맹주를 보며 구파일방의 장로들은 일이 잘못되었다는 것을 확실히 깨달을 수 있었다.

불만은 자신들만 가진 것이 아니기에 맹주를 따돌리는데 오대세가도 참가 할 줄 알았는데 전혀 아니었다.

그들은 철저히 맹주의 뜻을 따르며 맹주에게 많은 점수를 따고 있었던 것이다.

기다렸다는 듯 앞으로 나서며 신묘가 입을 연다.

"철혈성의 개파 초대를 정식으로 받아들여 참가할 계획입니다. 놈들에 대한 정보가 부족하니 직접 들어가 많은 정보를 얻어 올 생각입니다. 대표에는 오호창제께서 맡아 주시기로 했으며 그 외에는 각 문파에서 최대 오인까지 합류 할 수 있도록 정했습니다. 그것만으로도 충분히 대규모 인원이 될 것으로 봅니다."

"으음…!"

철혈성의 개파 초대를 받을 것이라 예상은 했지만 설마 이 자리에서 논했을 것이라곤 예상치 못했던 그들이 신음을 흘리지만 누구하나 반대하지 못했다.

　이미 결론이 난 사항이기 때문이기도 하지만 더 이상 무신의 눈 밖으로 벗어나는 일을 할 수 없기 때문이었다.

　그의 눈길을 벗어나는 순간 현천검제가 어떤 일을 벌일 것인지 알 수 없었다.

　결국 구파일방으로서도 오대세가처럼 최정예를 꾸려하는 상황이 되어버린 것이다.

　"이번 일은 군사에게 일임한다. 그리고 내일 나는 제자와 함께 맹을 당분간 벗어난다. 그동안 부 맹주들은 군사와 충분한 의견을 나누어 맹을 잘 이끌어 나가길 부탁하지."

　펄럭.

　그 말을 끝으로 더 들을 필요도 없다는 듯 회의장을 벗어나는 무신을 보며 구파일방의 장로들이 일제히 한숨을 내쉬는 것과 달리 오대세가의 사람들은 작게나마 미소를 띠고 있었다.

　단 한 번의 선택이 많은 것을 바꾸게 된 것이다.

†

　무림맹을 벗어난 무신과 태현, 선휘는 빠른 속도로 서쪽으로 움직인다.

잠시 휴식을 취할 때는 제외하면 거의 쉬지 않고 움직였기에 단 열흘 만에 목적지에 도착 할 수 있었다.

"이거 정말 괜찮은 걸까요?"

"허허, 녀석 걱정도. 미리 연락을 해놨으니 큰 문제는 없을 것이다."

웃으며 태현의 걱정을 무마시키는 무신.

그런 세 사람의 앞에 기다리고 있는 것은 거대한 산맥이었다.

끝이 보이지 않을 정도로 무수히 많은 산들이 어지럽게 얽혀있는.

무림에서 십만대산이라 부르는 곳이었다.

"저기 오는 군."

때를 맞추어 무신의 시선이 저 먼 곳을 향하고, 잠시 뒤 한 사람이 무신의 앞에 내려선다.

"쯧! 그 낯짝은 여전하군."

"허허, 오랜만이네."

웃으며 반기는 무신을 보며 인상을 쓰는 천마.

"무림맹주란 자리에 앉았으면 적당히 다른 사람 눈도 신경 쓰고 할 것이지 뭣하러 이런 촌구석까지 오는 게야?"

"오랜만에 보는 데도 자네의 그 말투는 여전하군, 그래."

"쯧. 일단은 따라와."

그 말을 끝으로 잠시 태현에게 시선을 준 천마가 몸을 돌려 앞으로 달려 나갔고, 그 뒤를 일행이 따랐다.

무림맹주씩이나 되는 자가 최대의 적이라 평가 받는 천마신교에 들어갔다는 것이 무림에 알려진다면 어떤 사태가 벌어질 것인지는 무신 스스로가 가장 잘 알고 있었다.

그럼에도 천마를 따라 당당히 신교에 발을 딛을 수 있었던 것은 자신이 이곳에 왔다는 사실이 외부로 흘러 나가지 않을 것임을 알기 때문이었다.

이는 천마에 대한 믿음이 있기 때문이다.

그 증거로 그가 직접 마중 나온 데다 신교로 들어가는 길목은 텅 비어 있었다.

누구에게도 보이지 않겠다는 그의 의지인 것이다.

그렇게 천마각에 무사히 잠입하고 나서야 그들은 자리에 앉을 수 있었다.

조르륵-.

찻잔에 차가 채워지며 방 전체에 향이 고루 퍼진다.

"아무리 다른 사람들을 신경 안 쓴다고 해도 적당히 신경은 쓰고 살아. 그 나이 먹고 사람들 욕먹고 싶진 않을 것 아냐?"

"허허, 욕먹으면 오래 살고 좋지."

"쯧."

태연히 웃으며 받아치는 무신의 말에 천마가 혀를 찬다.

그와 알고 지낸지 아주 오래되었지만 도무지 바뀌지 않는 화법이 마음에 들지 않았다.

자연스레 그의 시선이 무신의 곁에 앉은 태현에게 향한다.

"넌 저 늙은이가 뭐가 좋아서 받들어 모시는 거냐?"

"그저 인연이 닿았을 뿐입니다."

"흥! 그 인연이라는 것 내가 더 먼저였을 텐데?"

어린 아이처럼 투덜대는 천마를 보며 태현은 어색한 웃음을 지을 수밖에 없었다.

천마 역시 딱히 대답을 바랬던 것은 아닌지 다시 무신을 보며 물었다.

"그래서 무슨 일이야? 자네가 이유도 없이 날 찾지는 않았을 테고?"

"흠… 철혈성에 대한 정보를 원하네. 아무래도 부족한 것이 많아서 말이야."

"공짜로?"

"공짜로."

당당히 고개를 들며 요구하는 무신의 얼굴을 보며 천

마가 얼굴을 찡그리더니 곧 한 숨을 내쉬며 고개를 끄덕인다.

"후… 좋아. 어차피 알고 있는 것도 얼마 없으니 상관없겠지. 미리 말해두는데 우리도 알고 있는 것이 얼마 없어."

"상관없네. 우리보단 많이 알고 있을 것이 아닌가. 미약하지만 우리가 알아낸 것도 알려주지."

"당연한 이야기지."

달칵.

찻잔을 집어 들어 차를 조금씩 마시는 천마를 따라 일행 모두가 여유를 가지고 천천히 차를 즐긴다.

최고급의 차향이 머리를 맑게 해주고, 따뜻함이 몸을 돌며 긴장감을 풀어 준다.

그렇게 찻잔의 차가 어느 정도 줄어들었을 때 천마가 찻잔을 내려놓았다.

달칵.

"이제 속에 있는 것 좀 털어놔봐. 전에도 이야기했지만 자네가 이야기하는 것을 보고 있으면 답답해 죽겠으니까. 앞뒤 다 잘라내고 본론만 이야기 해보라고."

천마의 이야기에 무신이 빙긋 웃더니 찻잔을 내려놓으며 입을 열었다.

"워낙 오래전 이야기다보니 이제야 기억이 나는 군 그
래."

"그래, 그래. 됐으니까 이야기나 해봐."

"앞뒤 다 잘라먹고 이야기하자면… 내 아들이야."

"뭐?"

"아들이라고."

천마의 시선이 절로 태현을 향한다.

그에 태현은 재빨리 고개를 내저었다.

"허허, 태현이는 아니네."

"그럼 뭐가 자네 아들이라는 거야? 아니, 그보다 자네
에게 아들이 있었나?"

"음. 있었지. 인연을 끊긴 했지만 지금도 살아있고."

무신의 말에 천마의 얼굴이 일그러진다.

도통 무슨 이야기인지 알아들을 수 없었기 때문이다.

사실 태현도 그 내막을 알고 있지 않았다면 상당히 답
답해했을 지도 몰랐다.

그런 천마의 얼굴을 보며 더 애태울 생각은 없는지 무
신이 담담한 말투로 말을 이었다.

"철혈성주. 지금은 철무진으로 불리고 있다지?"

"…그놈이 네 아들이라고?"

"맞아."

"농담 아니고?"

"내가 언제 농담하는 걸 봤나?"

탁.

"맙소사."

소리가 날 정도로 손으로 이마를 치며 고개를 젖히는 천마.

당연한 반응이었다.

다른 사람도 아니고 무림맹주.

무신의 아들이 현 무림에 가장 큰 위기감을 심어 주고 있는 철혈성의 주인이라는 사실은 큰 충격이었다.

믿고 싶지 않을 정도로 말이다.

"…그걸 알고 있는 사람은?"

한참을 생각하던 천마가 떨리는 목소리로 묻는다.

"이 자리에 있는 사람이 다네."

"끄응… 침묵을 명한다."

- 존명.

신음을 흘리며 천마가 허공을 보며 명령하자 전음으로 들려오는 목소리.

항상 천마의 주변을 맴돌며 호위하고 있는 천마호검대를 향한 명령이었다. 천마의 명령인 이상 죽는 한이 있더라도 말하지 않을 것이었다.

"위험해. 이 사실이 외부로 알려지면 결코 좋지 않은 일이 벌어질 거야. 자네와 내가 이런 사이라는 것이 알려지는 것과는 비교 할 수 없을 정도로."

"그래서 입을 다물고 있다네. 허허."

"웃지 말고!"

으르렁거리면서도 웃는 무신의 얼굴을 보며 한숨을 내쉬는 천마.

"내가 살면서 인간의 머릿속을 들여다보고 싶다고 생각한 유일한 사람이 너였는데 여전하구나."

절레절레.

고개를 내저으며 어쩔 수 없다는 듯 웃는 천마를 보며 무신이 빙긋 웃었다.

"그냥 흘러가는 대로 두는 거지. 내가 막을 수 있는 것이었다면 진즉 막지 않았겠나."

"마음대로 해. 그래서 앞으로 어쩔 생각이야?"

"막아야지. 힘들겠지만."

"그… 정도인가?"

깜짝 놀라 되묻는 천마.

"예전에 자네가 이야기했었지. 나 이상 무공에 재능을 타고 태어나는 사람은 없을 것이라고."

"나를 빼고 말이지."

"어쨌든. 나 이상의 재능을 타고 태어난 것이 내 아들이야. 마지막으로 만났을 땐 이미 괴물 그 자체였으니까. 그게 수십 년 전의 이야기고."

"그럼 그동안 숨어 살았던 것이…."

"맞네. 잘못된 길을 걷는 아들의 앞을 막을 수 없음이니 차라리 안 보기로 생각했던 것이지."

"그런데 왜 나왔나?"

그의 물음에 무신의 시선이 곁에 앉은 태현을 향한다.

무신의 시선에 태현이 그를 보자 빙긋 웃는다.

"진짜 괴물을 찾았거든."

第8章.

亂劍武姝 난검두림

第 8 章.

"후읍!"

짧지만 강하게 숨을 들이마신 뒤 천천히 몸을 움직인
다.

움직임 하나하나에 온 신경을 쏟아부어가며.

근육의 움직임 하나하나에 신경을 쓰며 움직인다는 것
은 대단히 어려운 일이다.

비 오듯 쏟아지는 땀에 흠뻑 젖은 옷이 거치적거리는
수준에 도달하자 결국 태현은 잠시 움직임을 멈추고 상의
를 벗어 던진다.

옷을 벗자 드러나는 육체는 그야말로 완벽.

철저히 필요한 근육만이 자리를 잡고 있었고, 몸에 과하지도 부족하지도 않을 절묘한 균형을 보이고 있었다.

다시 호흡을 가져가며 천천히 몸을 움직인다.

굳이 무림인뿐만 아니라 일반인들도 건강을 위해 많이 흉내 내는 태극권의 형(形).

무당에서 인근 주민들의 건강을 위해 베푼 것이 지금은 중원 전역에서 쉽게 볼 수 있는 일종의 건강 체조와 비슷한 꼴이 되었지만 실제로 효과가 없는 것은 아니었다.

꾸준히 하다보면 몸의 노폐물을 밖으로 배출하고 몸 전체의 균형을 잡아줌으로서 건강을 유지시켜 주는 것이다.

다만 태현처럼 극도로 느리게 움직이는 사람은 드물었다.

"몸은 제법 잘 만들어졌군."

멀리서 태현이 수련하는 모습을 지켜보던 천마의 말에 곁에 서 있던 무신이 당연하다는 듯 고개를 끄덕인다.

"혹독한 단련을 시켰으니까. 육체가 완성되어 있진 않았지만 기초가 워낙 좋은 녀석이라 오래 걸리진 않았지."

"쯧… 시간이 흐르면 절로 내 손에 들어올 녀석이라 생각해서 아무런 조치도 하지 않았던 것이 결국 이렇게 얽히는군."

"허허, 하늘의 운명인 것이지."

느긋해 보이는 무신의 말에 천마는 마음에 들지 않는다는 듯 혀를 찼지만 여전히 그 두 눈은 태현에게서 떨어지지 않고 있었다.

그저 느리게만 움직이는 것 같은 태현이지만 그 속에 얽힌 복잡함을 천마는 정확히 꿰뚫어 보고 있었다.

"예전에 봤던 놈이랑 또 다른 놈이 되어버렸어. 쯧!"

"내가 말했지 않은가. 진짜 괴물을 만났다고."

"자네만 알아본 것은 아닐세. 나 역시 그렇게 생각했었으니까. 다만… 정말 저 녀석에서 그렇게까지 공을 들일 필요가 있느냐겠지."

천마의 말에 무신은 이해한다는 듯 고개를 끄덕이면서도 입을 열었다.

"당장은 내 말을 믿지 않아도 좋네. 하지만 직접 경험해보면 내 말을 이해하게 될 걸세. 천하의 천마라 하더라도 상대하기 어려운 괴물이 있다는 사실을 말이야."

"자네 말을 믿지 않는 것은 아니네. 하지만 쉽게 믿기지 않는 것도 사실이야."

쓰게 웃으며 말하는 천마.

당연한 일이었다.

이신(二神)으로 불리는 천하 무림 최강자인 두 사람이다.

그런 두 사람이 상대하지 못하는 무인이 있을 것이라곤 무림의 누구도 생각지 못할 것이다.

본인들 스스로도 말이다.

"머지않은 미래 놈들과 부딪치게 될 것이니… 그때 결과를 알 수 있겠지."

"음."

묵묵히 고개를 끄덕이는 무신.

자신이 뭐라고 말을 하든 결국 이것은 몸으로 체험을 해보는 수밖에 없다.

힘의 고하를 떠나 한 세력의 수장이라는 것은 그럴 수밖에 없는 것이니까.

말없이 태현이 하는 모습을 지켜보던 두 사람은 수련이 끝나고 나서야 움직였다.

"수고했다."

"오셨습니까."

무신의 말에 정중히 고개를 숙이는 태현.

"애송아 예전보다 많이 좋아진 것 같구나."

"칭찬 감사드립니다."

"단순히 칭찬이 아니다. 그보다 괜찮다면 가볍게 손을 섞어 보자꾸나. 오랜만에 움직이는 것도 나쁘지 않겠지."

갑작스런 제안에 놀라다가 곧 고개를 끄덕이는 태현.

천하의 천마와 어울릴 수 있는 기회였다. 얻는 것이 있으면 있지 잃을 것이 없는 기회인 것이다.

즉시 준비가 이루어졌고, 두 사람이 마주섰다.

"삼초를 양보하마. 전력을 다해봐라."

"사양치 않겠습니다."

정중히 포권을 취함으로서 감사의 인사를 전한 태현은 호흡을 편안하게 가져가며 몸의 감각을 일깨웠다.

전신의 감각이 확 살아나며 몸이 가볍게 느껴지는 그 순간 천마를 향해 달려드는 태현!

어느새 그의 손에 들린 목검이 예리한 기운을 뿜어낸다.

휘리릭.

짧은 순간 천마의 앞을 점하며 변화를 주는 태현의 검놀림은 결코 평범한 것이 아니었다.

처음 보는 것이라면 당황했겠지만 천마는 이것을 본 적이 있었다.

"황금충(黃金蟲)의 금검(金劍)이로구나!"

천마의 외침.

그 말처럼 태현의 손에서 펼쳐진 것은 황금충의 독문 무공 중 하나인 금검이었다.

황금충에 대해선 많은 이들이 그 재력을 기억하지만 실제론 그 무공 실력 역시 보통이 아니었다.

칠성좌의 한 자리를 차지 한 것은 우연이 아닌 것이다.

그런 황금충의 금검의 최대 특징은 눈앞을 현혹시키는 현란한 변검(變劍)이다.

잠시라도 현혹되었다간 그 변화에 대처 할 수 없게 되는 변화무쌍한 검술이었다.

손목과 손가락을 이용해 검에 최대한 많은 변화를 주는 방식이기에 힘이 떨어진다는 것이 단점이지만 그만큼 화려한 변화는 약점을 상쇄하고도 남음이 있었다.

촤촤촤악!

눈앞을 뒤덮는 금검.

그 이름처럼 휘양 찬란한 빛에 눈이 멀 것 같지만 천마는 어렵지 않게 좌우로 몸을 흔들며 피해낸다.

금검의 약점 중 하나.

검의 변화보다 빠른 움직임을 보이는 상대에겐 소용이

206

없다는 것이었다.

지금처럼 말이다.

"금검으론 어림도 없…!"

팟!

기세 좋게 외치던 천마의 입이 다물어지고 그 순간 그의 신형이 앞으로 튕겨져 나간다.

스컥!

방금 전까지 천마가 있던 자리를 베고 지나가는 태현의 목검!

"무영천리공(無影千里功)인가?"

"예. 또 갑니다!"

무영풍(無影風)의 독문무공 무영천리공이 태현의 몸으로 펼쳐지자 그 빠르기는 빛과 같았다.

폭발적인 내공과 그것을 버텨낼 수 있는 육체.

누구보다 빠른 움직임을 가능케 해주는 무영천리공.

세 가지가 결합되자 그 빠르기는 상상을 초월했다.

스스슥. 슥!

태현의 신형이 갈라지기 시작하더니 수십 개의 인형으로 나뉘어 금세 천마를 포위하고 선다.

"허…! 전부 진짜로군."

지켜보고 있던 무신이 감탄사를 터트린다.

그의 말처럼 지금 천마를 포위하고 나선 모든 인형들이 진짜였다.

조잡한 환술이 아닌 진짜 분신술인 것이다.

극한에 이른 경공으로 펼치는 분신술!

그 화려함에 놀랄 만도 하지만 태현의 눈앞에 서 있는 사람은 다른 누구도 아닌 천마였다.

마신(魔神)으로 불리는.

"제법이로군. 이 정도면 무영풍의 전성기와 비슷해. 하지만…."

츠츠츠!

말을 하다 말고 천마가 한 발을 내딛는 순간 그의 신형이 여럿 만들어지더니 얼마 지나지 않아 태현이 만들어낸 것과 똑같은 숫자가 되어 각 신형 앞에 마주섰다.

"이 정도는 누구나 할 수 있는 일이지."

여유롭게 웃는 천마를 보며 태현은 웃었다.

마치 미리 알고 있었다는 듯.

움찔.

그 미소를 보는 순간 뭔가 이상하다 싶어진 천마가 뒤로 발을 빼려는 그 순간!

허공에서 태현의 신형이 무수히 떨어져 내린다.

쐐애액!

묵살검(默殺劍)의 살수무공이었다.

철저히 눈을 돌리게 한 후 진짜 공격을 쏟아 붇는 것이
다.

무영천리공과 어우러진 묵살검의 무공이 천마의 분신
들을 향해 일제히 공격을 가한다.

갑작스럽기도 하고 당황스러운 공격이었으나 천마는
당황하는 것도 잠시 빠르게 보법을 밟으며 공격 범위에서
벗어난다.

"마지막…."

양보한 삼초 중 마지막 일초가 남았다고 외치던 천마
의 앞으로 어느새 다가선 태현의 검이 빛을 토해낸다.

백검(魄劍)의 독문무공 광휘검공(光輝劍功)이다.

번쩍!

아직도 쾌검으론 최고 수준으로 손꼽히는 것이 백검의
광휘검공이다.

공간을 압축시키듯 모든 것을 뛰어넘어 단숨에 날아드
는 태현의 검을 보며 천마는 내공을 집중시켰다.

마지막이라는 생각에 태현 역시 자신이 할 수 있는 최
고의 검을 찔러 넣었기에 천마도 쉽게 생각 할 수 없었
다.

우웅.

의지가 일어난 순간 천마의 뜻대로 움직인 내공이 천마의 몸을 가볍게 해준다.

스르륵.

반걸음을 뒤로 옮기는 것만으로도 정확히 공격을 피해내는 그.

흔히 무공을 배우기 시작할 때 날아드는 공격을 보고 피한다는 이야기를 듣곤 한다.

말로는 쉽지만 실제로는 아주 어려운 일이다.

눈 깜짝할 사이에 날아드는 공격을 눈으로 보고 판단한 뒤 피한다는 것은 그 누구라 하더라도 쉽지 않은 일이니까.

보통의 무인이라면 느끼는 순간 감각적으로 피해낼 것이다.

하지만 천마는 철저히 보고 피해냈다.

그것을 확인하는 순간 태현은 온 몸에서 소름이 돋는 것을 느꼈다.

오싹.

그야 말로 정석!

할 수 있다면 보고 피하는 것이야 말로 최강의 수법이다. 그 어떠한 변화를 주더라도 결국 끝까지 지켜본 뒤 피하면 되는 일이니까.

"그럼 시작해볼까."

놀람도 잠시 천마가 가볍게 손가락을 팅 군다.

팟!

재빨리 고개를 숙이는 태현!

머리 위로 무엇인가가 지나간 느낌이 강렬하게 느껴지고, 뒤편에서 퍽! 하는 소리와 함께 구멍 난 담벼락이 보인다.

가벼운 동작이지만 그 동작 하나로 알 수 있었다.

지금의 자신으론 쉬이 상대 할 수 없는 사람이라는 것을.

"껍질을 제법 깼다고 생각했더니 아직도 멀었군. 허허."

태현과 천마의 비무를 보며 무신은 만족스런 미소를 지었다. 하지만 웃는 것과 달리 그의 눈은 예리하게 태현의 움직임을 살핀다.

"껍질을 깨고 나오는 순간 세상 누가 있어 저 아이를 상대 할 수 있겠나 싶구나. 그로 인해 겪게 될 고독은 어찌해야 할런지… 허허."

미래까지 내다보는 무신.

자신이 그랬고, 천마가 그랬다.

너무 높은 경지에 올라버린 두 사람은 외로웠고, 그 외로움이 정파와 마도를 뛰어넘는 친구가 될 수 있게 해주었다.

경쟁자는 무인에게 있어 필수불가결의 존재다.

너무 앞서가기만 해도, 너무 뒤쳐지기만 해도 결코 좋지만은 않으나 서로가 있기에 외롭지 않을 수 있는 것이다.

그런 의미에서 본다면 태현은 너무나 외로울 것이다.

자신의 경쟁자가 존재하지 않는 것이니까.

무신에겐 천마가 있었고, 천마에겐 무신이 있었지만 태현에겐 누구도 없는 것이다.

굳이 따지자면 무신의 눈으로 봤을 때 자신의 아들이 있겠지만 그와는 목숨을 걸고 싸워야 한다.

결국 함께 할 수 없는 사이인 것이다.

'녀석이 욕심을 거두면 좋으련만.'

아들을 떠올리며 쓰게 웃는 무신.

자신의 잘못으로 인해 현 무림에 큰 위기를 몰고 온 것이나 다름없지만 모든 것을 알고서도 자신을 탓하지 않는 천마가 고맙고, 자신을 말없이 따라와 주는 태현이 고마웠다.

그렇기에 될 수 있으면 자신이 뿌린 씨앗을 자신을 손으로 거두려는 마음이 커져만 간다.

슥.

'이것이면….'

주머니가 있는 가슴 품을 쓰다듬는 무신.

손끝으로 느껴지는 무엇인가가 쓰게 느껴지는 그였다.

†

"흑영은 여전히 연락이 되질 않나?"

"아무래도…."

철무진의 물음에 자영이 말끝을 흐린다.

주기적으로 주고받아야 할 연락이 오지 않은지도 며칠째.

어떤 일이 있어도 정기 연락을 주고받는 흑영의 성격을 생각한다면 변고가 발생했다고 봐도 무방할 정도다.

"흐음…."

눈을 감은 채 신음을 흘리는 철무진.

팔영 중 넷 밖에 남지 않은 상황에서 또 다시 한 명을 잃는다는 것은 뼈아픈 손실이었다.

어느 정도 그들을 대체할 인원이 있는 것은 사실이지만 팔영처럼 말하지 않아도 자신의 뜻대로 움직여줄 사람은 많지 않았다.

"어쩔 수 없지. 당장은 개파에 집중한다. 쯧. 새로운 팔영을 뽑아야 하겠군."

"준비하도록 하겠습니다."

고개를 숙여 답하는 자영.

이미 새로운 팔영을 뽑기 위한 준비는 거의 끝이 난 상태였다. 흑영의 일이 의외이긴 하지만 자신들 만으론 일을 해결 할 수 없기 때문이다.

"개파 준비는?"

"천마신교를 제외하곤 초대장을 보낸 대부분의 문파에서 본성으로 축하 사절을 보냈습니다. 아무래도 천마신교에선 본 성의 초대장을 무시할 생각인 모양입니다. 그에 반해 무림맹에선 오호창제와 신묘를 중심으로 사절단을 파견하여 현재 귀빈각에 머물고 있습니다."

황영이 앞으로 나서며 대답한다.

"예정대로 내일 개파 선언과 함께 대회를 여시면 될 것 같습니다."

그 말에 철무진은 고개를 끄덕였고, 그것으로 철혈성은 개파를 위한 마무리 준비에 돌입했다.

철혈성이 개파를 위해 움직이는 동안 무림맹도 빠르게 움직이고 있었다.

214

무신의 계획대로 구파일방과 오대세가의 최정예들이 속속들이 도착하는 가운데 무림맹 최정예 세력을 꾸리기 위한 작업이 한창이었다.

벌써부터 역대 최강의 무림맹이 탄생할 것이란 이야기가 나돌 정도였다.

계획을 총괄해야 할 신묘가 철혈성으로 움직였지만 이미 충분한 준비를 해놓고 움직였기에 현천검제가 진두지휘하는데 조금의 문제도 없었다.

그렇게 두 세력이 바쁘게 움직이는 동안 천마신교는 일체의 미동도 없었다.

조용히 잠들어 있기라도 하듯.

콰콰콱-!

발에 힘을 주었음에도 단숨에 삼장은 넘게 밀려나는 태현.

두 발이 땅에 이끌리며 깊은 고랑을 만들어 내지만 그것을 확인할 틈도 없이 다시 발을 놀려야 했다.

사방을 점하며 날아드는 검은 쉬이 피하거나 받아치기 어려울 정도였고, 설령 피하거나 받아친다 하더라도 기다려다는 듯 이선에서 또 다른 공격이 펼쳐진다.

지옥과도 같은 연계 공격.

게다가 방금 전과 같이 중간 중간 쏟아지는 강력한 일격은 쉽게 방심 할 수 없도록 만든다.

천마호검대가 펼치는 합격진은 상상 할 수 없을 만큼 혹독한 수련을 통해 합격진을 구성하는 인원들이 한 몸처럼 움직인다.

특유의 거센 기운으로 상대를 압박하고 서로의 내공을 주고받음으로서 어지간한 실력 차이도 메울 수 있을 정도로 강력한 합격진으로 신교 내부에서도 한손에 꼽을 수 있는 합격진 중 하나였다.

오죽하면 이 합격진을 익히는 와중에 천마호검대의 인원에서 탈락하는 자가 있을 정도였다.

천마신교에서도 최강자들만이 들어 갈 수 있는 천마호검대가 다시 합격진을 펼치니, 그 위력은 어마어마한 것이다.

카캉-!

떵!

청홍검을 통해 전해지는 힘의 압박을 털어내며 태현은 쉬지 않고 손과 발을 놀렸다.

잠시라도 멈춰 섰다간 금세 저들의 먹잇감이 되고 말 것이란 사실을 그동안의 경험으로 뼈저리게 느끼고 있었다.

"전에도 느꼈지만 흡수하는 속도가 빠르군."

"내가 괜히 괴물이라고 하는 것이 아니네. 며칠 안으로 저 합격진도 파훼 할 수 있을 걸?"

"음."

무신의 말에 천마는 고개를 끄덕이며 동의했다.

겨우 이틀 만에 합격진의 약점을 잡아내어 움직이고 있는 태현이기에 며칠 안으로 아예 합격진을 파훼 할 수 있을 것이라 그도 생각하고 있었던 것이다.

천마와의 비무 이후 하루도 빼먹지 않고 태현은 다양한 상대들과 비무를 펼치고 있었다.

천마와 천마호검대는 물론이고, 원로원의 무인들까지.

간혹 무신과도 어울어져 비무를 펼치는 통에 하루도 쉴 날이 없었지만 그만큼 충실한 매일을 보내고 있었다.

하루가 지날수록 달라지는 몸 상태를 느끼니 태현으로서도 힘든 내색을 할 수 없는 것이다.

되려 지금의 기회가 얼마나 소중한 것인지 다시 한 번 깨닫게 된다.

"개파가 끝나면 놈들의 칼날은 우리를 향하겠지."

"허허, 아무래도 그렇지 않겠나? 개파에 참석하질 않았으니."

"본교의 힘을 뼈저리게 보여줄 생각이네."

천마의 몸에서 물씬 솟아오르는 투기(鬪氣).

그동안 조용히 있었다곤 하나 천마란 이름은 그냥 앉아서 얻은 것이 아니었다.

"놈들을 너무 무시하진 말게나."

무신의 충고에 천마는 웃으며 답했다.

"무시? 누가 무시 한 단 말인가? 그저 한 번 움직이면 전력을 다할 뿐이네. 그것이 누가 되든."

어떻게 듣느냐 따라 무서운 말이다.

천마신교란 무림 최강의 세력이 일제히 움직이게 되는 것이니 말이다.

게다가 무신의 충고가 아니더라도 천마는 철혈성에 대한 경계를 늦추지 않고 있었다. 되려, 무신의 이야기를 들은 이후 철혈성에 대한 경계를 더 높게 잡을 정도다.

놈들이 공격해 온다면 언제든 신교의 전력을 쏟아 부을 수 있도록 말이다.

"기대되는군."

하지만 흥분되는 것을 감출 순 없는 모양이었다.

북해빙궁과의 일도 자신이 나서기 전에 흐지부지 되어 버리는 통에 약간의 욕구불만이 있던 것은 사실이다.

천마 본인이 나서서 날뛸 수 있는 싸움터가 그리 흔한 것도 아니고 말이다.

그러나 곧 자신이 얼마든지 날 뛸 수 있는 싸움을 앞두고 있다는 생각에 벌써부터 온 몸이 후끈 달아오른다.

쩡-!

손바닥이 찢어질 듯 강하게 전달되는 충격에 얼굴을 찡그릴 틈도 없이 태현은 몸을 움직였다.

쉴 새 없이 발을 놀려 합격진을 벗어나려 하지만 쉽지 않았다.

짧게 움직이는 사이에도 사방에서 놓치지 않고 공격을 해오는 데다, 피해냈다 싶으면 이선, 삼선에서 새로운 공격이 날아든다.

가볍게 그들의 검을 쳐내려 해도 급작스레 날아드는 무거운 일격은 그럴 수도 없게 만들고 있었다.

'무슨 합격진이…!'

이제까지 경험해본 합격진들 중 단연코 이들의 합격진이 최고였다.

어디에서도 이런 수준의 합격진을 태현은 상대해보지 못했다.

'힘으로 날려버릴까?'

잠시 고민해보지만 고개를 흔든다.

이들을 힘으로 날려버리기 위해선 내공을 집중할 시간을 필요로 하는데, 그럴 여유를 이들이 줄 것 같진 않았다.

애초에 쉴 틈 없이 공격을 펼치는 이유가 그것 때문이다 싶을 정도로 말이다.

내공의 수발이 자유로운 태현으로서도 이럴 지경인데 어지간한 무인들이라면 합격진에 포위 되는 순간 끝난 것이라 봐도 될 것 같았다.

웅웅-.

온 몸을 짓누르는 기운이 시간이 지날수록 강해진다.

막대한 내공으로 대항을 하고 있지만 그것이 해답도 아니고, 능사도 아니란 사실을 태현은 잘 알고 있었다.

스컥.

눈앞의 스쳐 지나가는 검에 잘려나간 머리카락이 흩날린다.

비무라는 것을 잊은 것인지 천마호검대는 거침없이 위협적인 공격을 날리고 있었는데, 이는 미리 천마와 무신이 실전처럼 하라는 이야기가 있기 때문이었다.

그것을 모르는 태현으로선 본래 천마호검대의 비무가

이런 방식이라 생각할 뿐이었다.

다시 한 번 날아드는 검을 피해낸 태현의 청홍검이 어지럽게 움직이더니 날아드는 검들을 단숨에 쳐낸다.

아주 작은 공백.

가쁜 호흡을 정돈하기 무섭게 이 선에서 찔러 들어오는 공격에 태현의 움직임이 다시 바빠진다.

생각할 여유를 전혀 주지 않으려는 듯 빠른 공격을 해오는 그들.

'어쩔 수 없나? 아니지. 차라리 잘 된 일이야.'

"합!"

기합과 함께 날아드는 검을 다시 한 번 튕겨내는 태현.

짧은 여유가 생겨듦과 동시 날아드는 검을 보며 이번엔 태현이 먼저 검을 휘둘렀다.

"파검(破劍)."

쩌저정!

쩍!

기괴한 소리와 함께 폭발하듯 사방으로 터져나가는 기!

갑작스런 상황에 천마와 무신의 눈이 태현을 향하고.

가쁜 숨을 몰아쉬며 천천히 검을 집어넣는 태현만이 자리에 서 있었다.

그에 반해 움직임을 멈춘 천마호검대의 무인들은 당황
스런 얼굴로 자신의 검과 태현의 얼굴을 번갈아가며 쳐다
보고 있었다.

　그들도 짧은 시간에 대체 무슨 일이 벌어진 것인지 이
해하지 못하고 있는 것이다.

　"이거… 대단하군. 그런 검술이 있을 줄은…."

　어느새 태현의 앞에 모습을 나타낸 천마가 놀랍다는
얼굴로 바라본다.

　"천기사 사부님께서 자신의 모든 것을 걸고 만들어낸
천검(天劍)의 하나, 파검입니다."

　"파검이라… 파훼검인가?"

　"예."

　정확히 뚫어보는 천마를 향해 고개를 끄덕이는 태현.

　그와 함께 천마는 손을 흔들어 천마호검대를 뒤로 물
렸다.

　"다시 한 번 보여 줄 수 있겠나?"

　"…예."

　츠츠츳.

　대답이 떨어지기 무섭게 천마의 신형이 불어나기 시작
한다. 얼마 전 펼쳤던 분신술이다.

　어느새 손에 쥔 검으로 천마호검대가 펼쳤던 합격진을

222

혼자 몸으로 펼치는 천마.

놀라운 것은 혼자 임에도 불구하고 완벽하다는 것이었
다.

"후읍…!"

숨을 고른 태현이 청홍검을 휘두른다.

다시 한 번 펼쳐지는 파검!

'이건가….'

자신의 검에 부딪쳐 오는 태현의 검을 보며 천마는 눈
을 부릅떴다.

방금 전엔 놀라는 바람에 자세히 볼 수 없었지만 이번
엔 제대로 보려는 것이다.

쩡-.

첫 번째 검과 부딪친다.

여기까진 아무런 문제가 없었다.

하지만 그 순간.

끼긱.

찰나의 순간 기묘한 마찰음과 함께 태현이 검을 비틀
었다.

상대의 검을 비트는 것도 아니고 자신의 검을. 팔목을
살짝 회전시켜 비트는 모습이 의아하다 생각하던 그 순
간.

쩡-!

"뭣?!"

손에 쥔 검이 크게 진동하며 손바닥을 찢을 듯 강한 고통을 주고, 이어 부딪치는 다른 검들에도 마찬가지였다.

내공을 밀어 넣어 상쇄해보려 하지만 쉽지 않은 일이었고, 결국 세 번째가 부딪치는 순간 천마가 물러섰다.

혼자의 몸으로 모든 것을 감당하기 어려웠던 것이다.

"이것 참… 독특하군. 원리 자체는 단순하지만 쉽지 않겠어. 이걸 천기자가 만들었다고?"

"예."

"하여튼 대단하군."

혀를 차며 검을 들었던 손을 쥐락펴락하는 천마.

아직도 손에 강렬한 충격이 남아 있을 정도로 굉장한 파검술이었다.

검과 검이 부딪치는 것은 어렵지 않은 일이지만 그 짧은 순간 검을 비틀며 내공을 흘려 넣는 것은 쉬운 일이 아니었다.

그 찰나의 순간으로 인해 상대는 자신도 모르는 사이 검을 놓치거나 강렬한 충격에 움직임을 멈추게 되는 것이다.

천마호검대가 그러했듯.

문제는 당장으로선 이것을 막아낼 좋은 방법이 생각나질 않는다는 것이었다.

"이걸 막아내려면 어지간히 고민해야 하겠군. 오늘은 이 정도로 하도록 하고. 넌 돌아가서 쉬도록. 자넨 나와 이야기를 좀 하지."

천마의 시선이 무신을 향한다.

방에 마주 앉은 두 사람.

차를 내오지도 않고 천마가 성급히 물었다.

"자네는 대체 저 녀석을 어떻게 할 생각인가?"

"무엇을 말인가?"

"이대로 성장해서 자네의 뜻대로 일을 치르게 한다 하더라도 그 뒤는 어찌 할 생각이냔 말일세."

"미안하긴 하지만… 무인의 길은 외로운 것이 아니겠나."

고개를 흔드는 무신에게 천마가 소리쳤다.

"지금 묻는 것이 그게 아니지 않는가!"

"그럼 뭘 묻는 것인가?"

"정체성 말일세! 솔직히 말해서 녀석의 재능을 보고 있노라면 탐이 나는 것이 사실이지. 하지만 내게 무공을 배우게 된다면 정파도 마도도 아닌 어중간한 놈이 되어버리지 않는가. 솔직히 말해서 어중간한 녀석은 마룡도제 그 녀석 하나면 된다 생각하네."

"그게 무에 대수인가. 굳이 편을 나누지 않아도 되지 않겠나?"

"세간의 시선이라는 것이 있는 법이네."

정색을 하며 말하는 천마에게 무신은 걱정 말라는 듯 웃으며 대답했다.

"자네 말 대로 하자면… 강하면 되는 것이지 않나. 자네가 하는 일에 신교에서 누구도 반대하지 않듯 태현이 하는 일에 누구도 반대하지 않을 수준이 되면 되는 것이지."

"허…."

말도 안 된다는 듯 고개를 내저으려던 천마의 행동이 멈춰 선다.

"생각해보니 안 될 건 또 없군."

"그렇지? 게다가 무림이 조용해지고 나면 오히려 움직이는 것 자체가 부담스러워질 테니, 적절히 중립을 유지하는 편이 무림의 평화를 위해서라도 더 나은 선택이 되겠지."

"거기까지 생각을 하고 있었던 겐가?"

천마의 물음에 무신은 고개를 저었다.

"이야기하다 보니 떠오르더군. 어쨌거나 선택은 태현의 몫이지 우리의 몫은 아니네. 그저 할 수 있는 것만 하면 되는 것일 뿐."

무신의 말에 천마는 더 이상 입을 열지 않았다.

할 수 있는 것만 하면 된다는 그 말이 가슴 깊이 파고들었다.

第 9 章.

第 9 章.

"…선언한다!"

와아아아─!

철무진의 선언과 함께 철혈성이 뒤흔들릴 정도의 함성
이 사방으로 뻗어나간다.

있는 힘껏 기세를 흘려내는 철혈성 무인들을 보며 구
경을 하던 무림인들이 크게 놀란다.

철혈성 무인들의 실력이 대단할 것이라 예상은 했지만
이렇게까지 대단 할 줄은 몰랐던 데다, 개파식을 선언하
는 자리에 오와 열을 맞춰 자리에 선 수천에 이르는 숫자
는 사람들을 질리게 만들기에 부족함이 없었다.

당장 철혈성 무인의 숫자만으로도 어지간한 대문파와 어깨를 나란히 할 정도였다.

놀람도 잠시.

곧 이어지는 개파 대회의 선언에 무림인들의 눈이 빛을 발한다.

마침내 기다리고 기다리던 시간이 돌아온 것이다.

내걸린 상품이 하나씩 공개되기 시작했고, 그때마다 뜨거운 함성이 철혈성을 뒤흔들었다.

상품에 대한 열망이 점점 높아져만 간다.

"좋지 않군요."

함성을 내지르는 사람들을 보며 신묘가 말하자 곁에 있던 오호창제가 굳은 얼굴로 고개를 끄덕인다.

일부러 많은 사람들이 모인 자리에서 상품을 공개한다는 것은 자신들이 내건 물건이 진짜임을 알리는 것도 있지만, 지금 같은 상황에서 보자면 사람들을 일부러 자극시키고 있는 것이나 마찬가지였다.

"이런 분위기라면 상품에 목숨을 거는 자들이 한 둘이 아닐 겁니다. 시합 중 살인이 일어난다 하더라도 뜨거운 열기 때문에 묻힐 확률도 높지요."

"어떻게 했으면 좋겠나?"

오호창제의 물음에 신묘는 쉽게 대답하지 못했다.

처음 목적은 철혈성의 모습을 두 눈으로 직접 확인하는 것이었고, 지금은 목적을 이룬 상태였다.

대회가 진행되는 모습까지 지켜본 뒤 복귀를 하는 것으로 일정이 준비되어 있었지만….

"아무래도 이쯤에 발을 빼는 것이 좋을 것 같습니다. 느낌이 그리 좋지 않군요."

"음. 그리하지."

신묘의 말에 오호창제는 곧장 의견을 받아들였다.

사실 지금의 공기가 마음에 들지 않는 것은 그 역시 마찬가지였다.

일단 철수 결정이 내려지자 무림맹 사절단은 기민하게 움직여 철혈성을 빠져나왔다.

그 와중에 철혈성의 인물들이 마중을 나왔지만 그뿐.

뒤도 돌아보지 않고 무림맹 무인들을 이끌고 오호창제와 신묘는 맹으로 향했다.

"운이 좋은 놈들이로군."

무림맹 사절단이 빠져나갔다는 소식에 자영은 피식 웃었다.

설마하니 개파식이 끝나자마자 떠날 줄은 몰랐지만 그
것도 그들의 운일 것이었다.

"준비는?"

"이미 끝났습니다. 지시하신 대로 철저히 누구도 눈치
챌 수 없도록 약효 조절을 했습니다."

"좋아. 다음 식사부터 투입해."

"명!"

고개를 숙이고 방을 빠져나가는 수하를 뒤로하고 자영
의 눈길이 책상의 구석에 놓여 진 작은 접시로 향한다.

은으로 만들어진 접시 위에 소복이 쌓여 있는 하얀 가
루.

"흑영 녀석이 죽기 전에 쓸 만 한 것을 만들어서 다행
이로군."

툭.

접시를 가볍게 치자 가루들이 무너져 내린다.

가루는 일종의 흥분제였다.

약간의 독성이 주입되어 있긴 하지만 사람을 죽일 정
도는 되지 않는다.

하지만 이것을 먹은 사람은 크게 흥분하게 되고 결국
에는 광기만이 남아 약효가 떨어질 때까지 싸움을 그치지
못하게 되는 약이었다.

흑영이 철혈성을 떠나기 직전 완성시켜 놓은 약이었다.

이것을 대량으로 풀어 철혈성에 머무는 무인들에게 먹일 작정인 것이다.

"이걸로 대회는 뜨거워지겠군. 충분히 피도 흐를 테고."

웃는 자영의 얼굴 위로 살기가 가득하다.

"그럼 다음에 또 보도록 하세."

"쯧, 자네나 조심하게."

천마의 말에 무신은 빙긋 웃기만 할 뿐 더 이상 입을 열지 않았고, 천마 역시 할 말이 없는 듯 태현을 향해 고개를 돌렸다.

"넌… 기회가 되면 나중에 보자."

"알겠습니다."

고개를 숙이는 태현을 보는 천마의 얼굴이 복잡하다.

지난번과 달리 직접 지도를 하다 보니 단 며칠뿐이었음에도 불구하고 쉽게 보내주기 아쉬웠던 것이다.

"너 역시 열심히 하는 것이 좋을 것이다."

"배려에 감사드립니다."

선휘가 진심으로 고개를 숙여 인사했다.

그녀는 태현과 무신이 바쁘게 움직이는 동안 천마의 배려 속에 원하는 만큼 비무를 할 수 있었다.

뿐만 아니라 폐관실까지 내주어 조금의 소득이라도 있다면 조용한 곳에서 자신의 것으로 만들 수 있도록 배려해 주었다.

덕분에 신교에 오기 전과 비교해 꽤 많이 달라진 기세를 뿜어내는 그녀였다.

그렇게 간단한 인사를 끝낸 세 사람이 멀리 동쪽으로 사라질 때쯤 천마가 뒤돌아서며 명령한다.

"지금부터 전시체제에 돌입한다."

"존명!"

천마의 명령과 함께 깊게 잠들었던 천마신교가 기지개를 피기 시작했다.

†

무림맹의 전투 부대 전환은 성공적이었다.

구파일방과 오대세가의 최정예 무인들로 구성되었을 뿐만 아니라 곳곳에 알려지지 않았던 정파 무림의 강자들을 새로이 발굴하면서 전과 비교 할 수 없을 정도로 강한 힘을 얻을 수 있었다.

여기에 출신을 개의치 않고 오직 실력으로만 전투부대를 선발하다보니 서로 간에 알력 다툼은 크게 줄어들었다.

아예 없다고 말을 할 순 없지만 최소한 하나의 목표를 향해선 싫어도 손을 잡고 협력 할 수 있을 정도는 된 것이다.

맹으로 돌아온 이후 이에 대한 보고를 받은 무신은 크게 기뻐하며 모두를 칭찬했다.

이제야 무림맹이 제대로 싸워볼 수 있는 준비를 끝마친 것이다.

그러는 사이 철혈성 역시 성공적으로 개파 대회를 마칠 수 있었다.

크게 흥분한 사람들 때문에 다수의 사상자가 발생했으나 결국 무정도(無情刀)라 불리는 사천의 고수에게 우승의 영광이 돌아갔다.

그 외에도 굉장한 활약을 보인자인들에게 철혈성은 아끼지 않고 큰 선물들을 안겼다.

덕분에 무림에서 철혈성의 인지도는 가파르게 상승했을 뿐만 아니라, 이번을 기회로 삼아 철혈성에 입성하려는 자들이 길게 줄을 이음이니 그 전력이 배로 불어나는 것도 금방이었다.

오죽하면 호사가들 사이에선 철혈성의 힘이 무림맹, 천마신교와 어깨를 나란히 한다고 할 정도겠는가.

그러는 사이 무림의 긴장감이 서서히 높아져갔지만 다행이 큰 사건은 터지지 않았다.

마치 태풍을 앞둔 바다처럼.

그렇게 긴장감만 높아져 가고 있을 때 마침내 사건이 벌어졌다.

후에 무림대혈전의 도화선이 되었다고 알려진 태양문 멸문사건이었다.

태양문은 귀주의 작은 문파로 규모에 비해 꽤나 내실을 잘 다지고 있어 귀주 내에선 꽤나 유명한 문파였다.

비록 귀주 십대문파에는 들지 못했으나 언제든 들어갈 수 있을 정도의 힘을 지녔다는 평가를 받는 곳인데, 그런 태양문이 하루아침에 멸문했다.

그것도 외동딸이 시집가는 그날이었다.

결혼식으로 인해 온 사방에서 축하 인원들이 몰려드는 가운에 벌어진 사건은 처참할 정도였는데, 살아남은 사람은 물론이고 온전한 시신조차 없을 정도였다.

대체 누가 이런 잔인한 짓을 벌인 것인지 빠르게 조사에 들어갔으나 흉수의 꼬리는 잡히지 않고, 또 다시 사건

238

이 벌어졌다.

쌍월검문이었다.

귀주의 십대문파 중의 하나로 무림에서도 그 이름을 차츰 알려가고 있는 곳이었는데, 태양문 사건과 같이 하루아침에 멸문해 버린 것이다.

이번에도 살아남은 사람이 아무도 없었다.

일이 이렇게 되자 무림의 모든 시선이 두 문파에 집중되었다.

뛰어난 추색꾼들까지 합류하여 두 문파를 살펴보았지만 그들이 알아낸 것이라곤 한 사람의 소행이라는 것이었다.

처음엔 그 사실을 믿을 수 없었지만 시간이 지나면서 기정사실로 받아들여졌다.

적의 발자국이라곤 한 사람의 것 밖에 없었기 때문이다.

여기에 하나 더 밝혀진 것이라면 검을 쓴다는 것.

다만 왜 그가 이런 짓을 벌이는 것인지에 대해선 아직 누구도 파악하지 못하고 있었다.

그렇게 세상이 흉수를 쫓고 있을 때 광서성에서 또 다른 사건이 벌어지려 하고 있었다.

해령장이라 하면 광서성에서 모르는 사람이 없을 정도로 유명한 문파였다.

비록 지금은 쇠퇴했다곤 하나 한 때 무림에서도 손에 꼽히는 강자들의 집합소였던 시절이 있을 정도로 대단한 문파였다.

특히 무림문파임에도 불구하고 적극적으로 광서성의 일반인들과 섞이며 어려우면 돕는 등 좋은 인상을 남긴 문파였다.

크게 기울어져서 이젠 광서성 안에서도 작은 문파로 전락해버린 해령장이지만 여전히 많은 사람들의 머릿속에 기억되어 있는 곳이기도 했다.

"후…."

잡초가 잔뜩 솟아오른 마당을 정리하다 말고 허리를 피는 노인.

과거 융성했던 시절을 기억하는 듯 해령장의 규모는 아직도 대단했지만 관리되지 않은 건물들이 무너져 내리거나 거미들이 가득 들어 사는 등 사실상 사람이 살 수 있는 건물은 얼마 되지 않았다.

"이제 슬슬 이곳도 정리를 해야 하려나…."

쓸쓸한 목소리로 주변을 둘러보는 노인은 당해 해령장 주로 장주라곤 하지만 무공 실력이 겨우 이류 정도에 불과했다.

이 모든 것이 해령장 독문무공의 맥이 끊어졌기 때문이었다.

이 넓은 해령장에서 머물고 있는 사람이라곤 이젠 백여 명도 되지 않는 사람들이 전부였다.

오히려 장주보다 강한 이들도 있을 정도로 뭔가 이상한 문파가 되어버렸지만 딱 한 사람은 달랐다.

노인의 아들이자 해령장의 대제자.

어렸을 때부터 두각을 드러낸 그라면 해령장을 일으켜 세울 것이라 믿어 의심치 않았고, 이번에 철혈성에서 있는 대회의 상품을 얻기 위해 해령장을 떠난 것이 제법 되었다.

"녀석… 이제 돌아올 때가 되었건만."

이미 소문으로 무정도란 자가 우승을 했다는 것이 잘 알려졌기에 실망감이 없는 것은 아니지만 하루라도 빨리 아들이 무사히 돌아오길 바라는 것 또한 아비의 마음이었다.

"장주님! 대사형이 돌아왔습니다!"

"뭐야?!"

그때 제자 중 하나가 뛰어 들어오며 외치자 장주는 풀을 베던 낫을 집어 던지고 재빨리 정문을 향해 뛰었다.

과연 그는 장의 제자들에게 포위되어 있었는데, 떠들어대는 사람들과 달리 그의 표정은 어딘지 모르게 결여되어 있었다.

 무표정한 인형처럼.

 "이 녀석! 무사히 돌아왔구나!"

 때마침 제자들의 틈을 뚫고 들어온 장주가 그의 어깨를 두드리며 끌어 앉으려는 그 순간.

 사건은 시삭되었다.

 서컥-!

 기묘한 소리와 함께… 피가 하늘로 솟아오른다.

 어느새 검을 뽑아들어 휘두른 사내의 두 눈이 붉게 물들어 있고, 주변으로 강대한 기운을 뿜어내며 무차별로 검을 휘두르기 시작했다.

 자신의 형제와 같았던 사제들을 향해.

 아비규환이었다.

 멀리서 그 모습을 지켜보는 자들이 있었다.

 "생각했던 것보다 효과가 좋은데?"

 "음… 난 별로군."

 "네 성격상 저런 걸 좋아하지 않으니까."

 자영의 말에 감영은 말없이 고개를 끄덕인다.

 사실 이번에 벌어지고 있는 사건의 배후엔 철혈성이

242

있었다.

철혈성에서 머문 자들에게 먹인 약의 효능을 확인하기 위해 몇몇 사건을 일부러 만들고 있는 것이다.

어느 정도 중독성이 있는 약이기에 견디지 못한 자들이 결국 발작을 일으키게 될 것이고, 그것은 곧 무림의 혼란으로 이어질 것이었다.

당장 철혈성의 개파에 참석한 무림인이 몇이던가.

그들 중 절반이 발작을 일으킨다 하더라도 어마어마한 파급력을 가지게 되는 것이다.

다만 흑영의 약에는 흥분하게 만들지만 내공을 급작스럽게 늘려주는 약효는 없다는 것을 떠올린 자영은 거기에 실험적으로 쇄혼단을 섞었다.

선천진기를 일으켜 폭발적인 힘을 발휘하게 만들지만 결국 대상자를 죽음으로 몰고 가는 죽음의 약.

철혈성 무인이라면 만약의 사태에 대비해 누구든 가지고 다니는 그것을 몇몇 이들에게 섞어 먹였고, 그 효능을 확인하기 위해 감영과 함께 외부로 나온 것이다.

감영은 본래 이런 방식의 일을 크게 좋아하는 편은 아니라 함께 움직이고 싶은 마음이 없었지만 만약을 대비하라는 성주의 명령 때문에 자영의 움직임에 맞춰주고 있었다.

"효과는 나쁘지 않은데… 역시 여기가 안 되는 모양이네."

손가락으로 머리를 툭툭 두드리는 자영.

"게다가 지속시간도 짧고. 완전한 쇄혼단이 아니라서 인가?"

그의 말이 끝나기 무섭게 날뛰던 그가 바닥에 쓰러진다. 그것을 확인한 감영이 짧게 혀를 차며 손을 휘젓자 어느새 나타난 그의 수하들이 현상을 조작하기 시작했다.

철저히 자신들의 흔적은 남기지 않는다.

여기에 쇄혼단의 흔적 역시 남기지 않았다.

모든 것이 끝나고 보니 태양문과 쌍월검문의 사건과 똑같은 모습이었다.

"뭐, 효과는 입증되었으니 슬슬 시작해볼까?"

어느새 잔인한 미소를 짓는 자영을 보며 감영은 애써 시선을 외면했다.

모든 것은 철혈성을 위해서였으니까.

†

귀주에서 시작된 의문의 사건은 곧 광서로 이어졌고, 광동, 사천, 감숙 할 것 없이 중원 전역에서 들끓기 시작했다.

244

개 중에는 이유 없이 사형제들을 죽이고 자신도 목숨을 끊은 이들도 있었고, 가족을 살해하고 죽은 이들도 많았다.

하나 같이 기괴하다 싶을 정도로 주변 사람들을 휘말리게 하며 자살을 하는 모습에 무림이 크게 끓어올랐지만 누구하나 명백하게 이유를 밝혀내는 사람이 없었다.

그때 철혈성이 일어섰다.

이제까지 각 문파나 가정에서 사건이 벌어지다가 이번에 철혈성의 휘하에 들어간 문파 하나가 멸문하는 사건이 벌어졌던 것이다.

게다가 그 원인 역시 명백했다.

천마신교의 비호를 받고 있는 마도문파.

일단 일어선 철혈성은 가차없이 그들을 뭉개버렸다. 명백한 증거가 있는 상황에서 이야기를 할 필요가 없다는 것이 그들의 주장이었다.

하지만 가만히 앉아서 얻어맞은 꼴이 되어버린 천마신교의 입장은 달랐다.

자신들이 나서서 조사를 하기도 전에 철혈성이 사건을 마무리 지어 버린 것이다.

그렇게 서로의 사이가 나빠지고 있을 때 이번엔 반대의 사건이 벌어졌고, 신교에선 최대한 중립을 지키며 사건을 조사하겠다 했지만 철혈성은 철저히 소속 문파를 감싸고돌았다.

그에 열 받은 천마가 결국 나섰다.

"놈들을 내놔라! 최대한 공평하게 수사를 할 것이다! 이는 내 이름을 걸고 맹세할 것이나, 이에 응하지 않을 시 뒤 책임은 누구도 질 수 없을 것이다!"

천마의 폭탄과도 같은 선언에 무림의 눈이 양 세력에 집중된다.

허나, 철혈성은 끝까지 묵묵무답으로 일관했다.

오히려 전력을 끌어 모으는 모습을 보임으로서 천마신교를 크게 도발하고 있었다.

이에 사람들이 불안해했으나 그들은 개의치 않았다.

결국 천마신교가 움직였다.

십만대산을 벗어나는 신교 무인의 숫자는 물경 2만에 달했다!

마인이 2만.

어마어마한 숫자에 중원 무림은 경악을 토해냈으나 이미 사건은 벌어진 뒤였다.

그에 맞추어 철혈성은 1만이 훨씬 넘는 무인들을 집결시켰다.

이 역시 대단한 숫자였으나 천마신교의 무인들에 비해 그 수가 떨어지는 것은 어쩔 수 없는 일이었다.

하지만… 천마신교의 발걸음은 얼마 움직이지 못했다.

어느새 조용히 뒤로 돌아온 북해빙궁이 뒤통수를 후려친 것이다!

쾅-!

천마가 내려친 주먹에 귀하디귀한 자단목으로 만들어진 책상이 가루가 되어 흘러내린다.

허나 그의 몸에서 뿜어져 나오는 강대한 마기 때문에 그의 앞에 선 누구도 쉬이 입을 열 수 없었다.

"북해빙궁 네 이놈들을!"

으드득!

이를 가는 천마.

놈들이 분명 다시 본래의 자리로 돌아가는 것을 확인했었던 것이 얼마 전이다.

만약의 사태에 대비해 오는 길목을 감시할 인원까지 준비를 했었건만 놈들은 대담하게도 지옥의 길이라 불리는 얼음길을 넘어 뒤통수를 때린 것이다.

결코 쉬운 일이 아니었을 테지만 그만큼 신교가 받는 충격은 엄청난 것이었다.

단숨에 신교의 영역 중, 북부가 뚝 떨어져 나가버렸고, 놈들에게 대응을 해야 할 무인들이 중원으로 움직이는 중이었기에 빠르게 대응하지도 못했다.

그렇다고 단순히 병력을 돌릴 수도 없는 것이 어느새 철혈성이 1만이 넘는 숫자의 무인을 소집시켜 놓은 것이다.

진퇴양난(進退兩難).

자신이 이런 꼴이 될 것이라곤 조금도 생각해 본 적이 없던 천마였다.

아니, 그 뿐만 아니라 천마신교의 누구도 이런 상황에 처할 것이라곤 예상치 못했다. 신교의 머리라는 마뇌 마저도 말이다.

"방법은?"

흥분을 겨우 가라앉힌 천마가 마뇌를 향해 묻자 미리 생각해둔 바가 있었던 듯 빠르게 말문을 연다.

"당장은 북해빙궁을 차단하는 것이 먼저라 생각됩니다. 후방을 든든히 하지 못한 싸움은 패할 수밖에 없습니다."

"허면 저놈들은 그냥 두고 보자는 말인가?"

천마의 차가운 말에 마뇌를 쉽게 입을 열지 못했다.

하지만 그것은 잠시였을 뿐.

금세 입을 여는 마뇌.

"당장은 무시하는 수밖에 없습니다. 후방의 불안이 어떠한 위기로 다가오는지 교주님께서도 잘 알고 계시지 않습니까?"

"크흠…."

못마땅한 듯 신음을 흘리는 천마에게 마뇌는 계속해서 말을 이었다.

"저들이 제 아무리 많은 숫자를 동원한다 하더라도 본교의 방어를 뚫는 것은 불가능 할 것입니다. 잠시간 피해를 입을 수 있겠지만 그동안 후방을 정리하고 전력을 다해 움직이는 편이 더 나은 선택이라 생각합니다."

"다른 사람들은?"

천마가 시선을 돌리지만 입을 다문 채 고개만 숙인다.

신교 최고의 두뇌라는 마뇌가 그리 판단을 했다면, 다른 방법이 있을 리 없는 것이다.

상황이 좋지 않다는 것은 천마도 잘 알고 있었다.

마뇌의 말이 맞다 는 것도 알고.

하지만 어딘지 모를 불안감이 그를 막아서고 있었다.

북해빙궁을 막기 위해 움직이면 또 다른 외통수가 자신들을 기다리고 있을 것 같은 기분 말이다.

천마는 혼자서 고민하지 않았다.

자신의 곁엔 마도 최고의 두뇌인 마뇌가 함께하고 있으니까.

"솔직히 말해 북해빙궁의 움직임을 막기 위해 움직이면 또 다른 외통수가 벌어지지 않을까 하는 걱정이 든다.

나이를 먹어 걱정만 늘어가는 것일 수도 있지만… 이번엔 불길하군."

"으음… 알겠습니다. 허면 이런 것은 어떻습니까?"

마뇌의 제안에 천마가 크게 고개를 끄덕였다.

"북해빙궁이 뒤편에서 움직이기 시작했습니다. 이로서 천마신교는 왔던 길을 다시 돌아갈 수밖에 없을 겁니다."

"쇄혼단은?"

"부족하지 않을 정도로 건넸습니다."

자영의 대답에 철무진은 만족스런 미소를 짓는다.

철혈성이 개파하고 나서 모든 것이 자신의 계획대로 이루어지고 있었다.

오랜 세월 지하에서 세력을 키우고 천하를 손에 쥐기 위한 대계를 준비해왔다.

그 결과가 서서히 보이기 시작했다.

"무림맹의 움직임은?"

"그쪽은 저희 예상보다 빠르게 정예를 구축했습니다. 예상했던 전력의 4할을 웃돌고 있어 주의가 필요합니다."

"쯧. 무신 그 늙은이 때문이로군."

"그가 나섬으로서 확실한 구심점이 잡히는 바람에 각

문파의 정예들로 무림맹 무인들을 꾸릴 수 있게 된 것이
가장 큰 원인입니다."

그 말에 철무진의 시선이 자영에서 황영으로 옮겨간
다.

"무림맹의 자금을 끊어라. 아니, 무림 전체의 자금을
엉망으로 만드는 것이 좋겠지."

"효과가 길지 않을 것입니다. 저희의 빈자리를 금세 다
른 곳에서 채우고 나설 것입니다."

황영이 에둘러 반대를 표했지만 철무진은 개의치 않았
다.

"상관없다. 그 짧은 혼란이 우리를 천하의 주인으로 만
들어 줄 것이니."

"…허면 그리 준비하겠나이다."

결국 황영이 고개를 숙인다.

자신이 평생을 걸고 만들었던 상단이 명령이 떨어지면
박살나게 되겠지만 이 또한 언젠가 받아들여야 할 일이었
기에 황영은 최대한 빨리 감정을 추슬렀다.

그것을 확인한 철무진이 마지막으로 감영에게 시선을
준다.

"넌 언제든 움직일 준비를 마쳐라. 천마신교가 북해빙
궁으로 시선을 돌리면 그 즉시 무림맹을 칠 것이다."

"명."

짧게 대답하는 감영.

만약 누군가가 이 이야기를 들었다면 놀라지 않을 수 없을 것이다.

천마신교와 각을 세우며 무인들을 불러 모았던 철혈성의 목표가 처음부터 무림맹이었다는 사실은 모두를 경악하게 만들고도 남음이 있을 터였다.

이번 일을 위해 철혈성은 철저히 계획을 해왔다.

대막혈사풍이 무너진 것조차 그들의 계획에 있을 정도.

북해빙궁이 모습을 보였다가 사라졌던 것도 모두 이 순을 위한 안배였다.

서로 각을 세워 무림맹을 안심시킨 뒤 정작 준비가 되지 않은 무림맹을 빠르게 무너트린다.

무림맹이 무너진 이후의 중원은 어렵지 않게 철혈성이 흡수 하고도 남음이 있을 것이고, 그 뒤 천마신교와의 싸움은 어렵지 않게 끌어나갈 자신이 철혈성엔 있었다.

아니, 정확히 철혈성주 철무진에겐 있었다.

"무림맹의 움직임을 주시해라. 놈들의 본거지는 당장 신경 쓰지 않아도 좋다. 어차피 놈들의 정예가 모두 무림맹에 몰려 있는 이상 무림맹이 무너진다면 뒤는 어렵지 않은 싸움이 될 테지."

"철저히 준비하도록 하겠습니다."

다시 한 번 고개 숙이는 감영을 뒤로 하고 철무진의 시선이 자영에게 향한다.

"약을 풀어라. 쇄혼단을 아끼지 말고 뿌려 넣어라. 다른 생각을 하지 못할 정도로."

"명을 따르겠습니다."

고개를 숙이는 자영의 얼굴 위로 웃음이 가득 떠오른다.

오랜 세월 숨죽이며 살던 철혈성의 비상이 코앞으로 다가왔다.

第10章.

第 10 章.

긁적, 긁적.

손가락으로 뺨을 긁는다.

간지러워서라기 보단 생소해서다.

이리저리 시선을 돌려보지만 누구하나 태현과 마주하
려는 사람이 드물었다.

아니, 친분을 다지려는 사람이 없었다.

반대로 적개심을 드러내는 자들은 수도 없이 많았지
만.

'하아… 이거 원.'

그들을 보며 자신도 모르게 한숨을 길게 내쉰다.

이 모든 것이 무신의 명령 때문이었다.

"특무대를 지휘해라."

그 한 마디가 지금의 사단을 만들어 낸 것이다.

특무대는 무림맹의 전투부대를 재편하면서 새롭게 만들어진 곳으로 소수정예를 추구하는 곳이었다.

다시 말해 무림맹에서도 규격 이외의 실력자들을 한데 모아 특별한 임무를 수행하는데 쓸 수 있도록 구성한 인물들이란 것이다.

이 자리에 있는 인원들 중 실력이 떨어지는 이가 없음이니 서로 특무대주의 자리를 두고 은연 중 싸우는 중이었는데 난데없이 특무대주의 자리를 태현이 꿰찼으니 표정이 좋을 리 없는 것이다.

그것을 알기에 태현으로선 난감한 것이다.

사실 누군가를 선두에서 이끈다는 것도 어울리지 않는 옷을 입은 듯 느낌이었고 말이다.

그나마 다행이라면…

"어? 여기서 다시 뵙게 되는군요."

남궁연호가 특무대에 있다는 것이었다.

뒤늦게 들어오며 분위기가 이상하다 생각했건만 그것

이 태현 때문이라는 것은 모르는 모양인지 단숨에 다가와 인사를 한다.

"이야, 형님도 특무대에 속하는 거라면 그야 말로 최강이네요. 누가 뭐래도 무림신룡 아닙니까! 무림신룡! 하하하!"

활짝 웃으며 이야기하는 남궁연호.

무림신룡이라는 별호에 유난히 강조를 하는 것이 분위기를 모르는 것이 아니라, 분위기를 읽었기에 일부러 이러는 것 같았다.

이대로 어색한 분위기를 끌고 나갈 수도 없기에 태현은 자연스럽게 그의 말을 받았다.

"과찬입니다. 이번에 특무대를 이끌게 되었습니다만, 아무래도 낯설다보니 잘 부탁합니다."

"오히려 제가 해야 할 말인 것 같네요. 천하에 누가 있어 칠성좌와 무신의 제자를 함부로 할 수 있겠습니까? 게다가 실력으로 따져도 저 따위는 수십 명이 덤벼도 상대가 되지 않을 텐데 말입니다."

천진난만하게 이야기하며 주변의 분위기를 살피는 남궁연호.

태현의 생각처럼 남궁연호는 일부러 이런 분위기를 만들어 내고 있는 중이었다.

이곳에 늦게 도착한 것도 태현이 대주로 부임한다는 이야기를 듣고 일부러 그런 것이었다.

태현의 실력에 대해 남궁연호는 아주 잘 알고 있었다.

자신으로선 상대가 되지 않는다는 것도 말이다.

그렇기에 일부러 분위기를 조정하여 하루라도 빨리 태현이 모두를 이끌기를 바랐다.

특무대 본연의 임무를 상기시킨다면 조금이라도 빨리 융화되어 잡음 없이 움직일 수 있어야 하기 때문이다.

큰 임무에서 작은 다툼은 곧 임무 자체의 실패로 끝날 위험이 있으니까.

그런 남궁연호의 노력이 먹혀들기 시작한 것인지 몇몇 인물들의 시선이 부드러워진다.

하지만 반대로 더 불신이 깊어지는 자들도 있었다.

"말이 많군. 형씨, 그러지 말고 그냥 한 판 붙읍시다. 내 목숨을 맡길 수 있는 사낸지 내 주먹으로 확인해야 하겠소."

결국 그런 자들 중 하나가 앞으로 나섰다.

권추(拳椎)라 불리는 자로 소속되어 있는 문파는 없었으나 전전대의 고수인 파혼권의 기명 제자였다.

아직 젊으나 그 실력이 대단하고 기질이 강하여 다른 사람과 어울리기 어렵다 판단하여 특무대로 보내진 자였다.

그를 시작으로 여기저기서 손을 들고 나선다.

그렇게 나선 사람이 무려 여섯.

"음… 어쩔 수 없나?"

머리를 긁적이던 태현은 곧 고개를 끄덕이며 앞으로 나섰다.

어차피 이것이 통과의례라면 하지 못할 이유가 없었다.

특히 앞으로 자신들이 해야 할 일을 생각한다면 특무대를 완벽하게 하나로 엮어야 했다.

그러기 위해서라면 지금부터 손을 써둬야 했다.

태현이 나서자 자연스럽게 모두의 시선이 모여든다.

그를 상대하기 위해 앞으로 나선 여섯 사람의 실력은 이미 무림에서 알아주는 수준이었다. 아니, 그 이상이라 판단되는 자들도 있었다.

무림신룡이라 불리며 그 위명을 듣지 못한 것은 아니지만 자신의 눈으로 직접 보지 못한 것을 쉽게 믿는 사람은 없다.

자신의 실력에 자신이 있는 자들이라면 더더욱.

그렇기에 태현이 나선 것이다.

"아무래도… 실력의 차이를 확실히 보여주는 것이 좋을 것 같으니 한 번에 덤벼."

"뭐?"

"덤비라고. 너희 여섯 모두."

처음엔 알아듣지 못했던 자들도 이어진 태현의 말에 분노어린 표정을 짓는다.

하지만 정작 당사자인 태현의 얼굴은 편하기 그지없다.

'천마호검대를 상대해서 그런가?'

그들의 몸에서 풍기는 기운에 그들이 당당할 정도로 실력이 있다는 것은 안다.

예전 같다면 저 여섯 명이 한 번에 덤벼든다면 긴장하고 당황했을 지도 모르지만 천마신교에서의 경험은 더 이상 그렇게 만들지 않았다.

제 아무리 날고 긴다 하더라도 천마호검대의 합격진을 뛰어 넘을 수 없을 것이기 때문이다.

굳이 그렇지 않더라도… 저들은 자신의 상대 못된다.

그것을 직접적으로 깨닫고 나니 어딘지 모르게 긴장이 풀려버리는 태현이었다.

허나, 자신들을 무시하는 발언을 들은 그들은 아니었다.

성격 급한 두 사람이 태현을 향해 달려든다.

상, 하로 나뉜 깔끔한 공격.

날아드는 검, 도를 보면서도 무표정하게 바라보던 태현의 신형이 움직인 것은 그들의 무기가 몸에 닿기 직전이었다.

스학!

퍼픽! 픽!

잔상을 남기며 사라진 태현의 신형이 눈 깜짝 할 사이에 두 사람을 반대편으로 날려버린다.

깔끔한 일격에 자리에서 일어서지 못하는 두 사람.

"안 오면… 내가 가지."

길게 끌 것도 없다는 생각에 태현이 달려들었고 남은 넷의 얼굴이 구겨진다.

"오늘부터 하루 2시진씩 합동 훈련을 시작한다. 기본적인 합격술인 오행진, 칠성진을 익히며 손발을 맞추고 어느 정도 괜찮겠다 싶으면 팔극쾌검진을 익힌다. 질문?"

태현의 물음에 그의 앞으로 늘어선 오십의 인원들 중 누구도 입을 열지 않았다.

여섯 사람과의 비무로 특무대를 완벽하게 휘어잡은 것이다.

허무하리라 만치 쉽게 끝이 났지만 어찌 보면 당연한 일이었다.

특무대 안에서도 손에 꼽는 강자인 그들을 한 사람씩 도 아니고 동시에 상대해서 어렵지 않게 승리했다.

실력차이를 눈앞에서 체감했는데 반항이란 있을 수 없는 일이었다.

"좋아. 오늘은 이만 휴식을 취하고 내일 정오부터 수련을 시작한다! 해산!"

해산이란 말과 함께 일제히 흩어지는 특무대원들.

뿔뿔이 흩어지는 그들을 뒤로하고 태현이 향한 곳은 선휘가 수련하고 있는 폐관실이었다.

현재 선휘의 신분은 손님이다.

무림맹의 무인이 아니기에 특무대에 속하지 않았는데, 이는 태현이 미리 손을 쓴 결과이기도 했다.

그녀의 성향과 친분들을 고려해 굳이 정파라는 틀에 박힐 필요가 없다고 생각했기 때문이었다.

사부인 백검 역시 정사마 어디에도 속하지 않은 인물이었고.

휘휙, 휙-!

날카롭게 허공을 가르며 끊임없이 움직이는 선휘의 검.

하얀 궤적을 그리는 그녀의 움직임은 검무(劍舞) 그 자체였다.

끝없이 이어질 것 같던 아름다운 춤사위가 멈춘 것은

태현이 왔다는 것을 깨달은 뒤였다.

그와 함께 폐관실의 문을 닫지 않았음을 떠올리는 선휘.

"수련을 할 때는 폐관실 문을 꼭 닫아. 만약의 경우라
는 것이 있으니."

"잠시 잊었어요."

순순히 자신의 잘못을 인정하는 그녀를 향해 미소 지
으며 태현은 청홍검을 꺼내 들었다.

"오랜만에 해볼까?"

"네!"

태현의 말을 반기며 백룡검을 치켜든다.

오행진과 칠성진은 무림에서 합격술의 기본으로 꼽히
며 대다수의 문파에서 가르치는 것 중 하나였다.

기본으로 꼽히는 만큼 갖출 것은 전부 갖추고 있지만
기본 이상이 되지 못하는 것은 널리 알려진 만큼 약점이
분명하기 때문이다.

목숨이 오가는 무림에서 약점이 밝혀졌다는 것만큼 불
안한 것도 없으니까.

하지만 두 합격진이 기본이 되는 또 다른 이유는 무림
맹과 같이 대형 세력이 규합되었을 때 공통으로 사용 할
수 있는 합격진이란 사실이다.

서로 처음 보는 사람들끼리도 최소한 손을 맞출 수 있는 합격진인 것이다.

어쨌거나 오행진과 칠성진을 수련하는 특무대원들을 지켜보던 태현의 얼굴은 진지했다.

오십에 이르는 인원.

정확히 자신가지 51인의 인원이 자신의 판단에 따라 목숨을 잃을 수도 있다.

그렇기에 제대로 된 판단을 내려야 할 필요가 있었다.

그러기 위해 가장 먼저 요구되는 것은 이끌어야 하는 무인들에 대해 확실히 파악하는 것이었다.

각종 임무에서 정확한 지시를 내리기 위해선 누가 무엇을 잘하고, 못하는 지 머리에 집어넣을 필요가 있었다.

태현의 시선이 예리하게 사람들을 훑으니 훈련을 하는 특무대원들도 덩달아 열심히 하는 수밖에 없었다.

대장이 저리 눈에 불을 밝히고 쳐다보고 있으니 적당히 할 수가 없었던 것이다.

작은 오해였지만 덕분에 특무대원들끼리의 호흡은 빠른 속도로 맞아 떨어지고 있었다.

두 합격진이 완전히 익으면 다음으로 익히게 될 팔극쾌검진은 본래 무당의 것으로 지금은 완전히 무림맹의 것이 되어버린 합격진이었다.

과거 무당에서 합격진을 필요로 하던 무림맹에 기꺼이 내어준 것이다.

그 이름처럼 팔방을 밟으며 상대를 빠르게 공격하는 합격진인데 호흡이 조금만 어긋나도 합격진의 효능이 사라지고 마는 어려운 것이었다.

너무 어려웠기에 지금에 이르러선 익히려는 자가 거의 없을 정도였지만, 일단 손발이 맞으면 최고의 위력을 발휘하는 것이 또 팔극쾌검진이었다.

그렇게 매일을 수련으로 보내던 특무대에 마침내 명령이 떨어졌다.

근래 무림에 가장 큰 문제라고 한다면 광인(狂人)이라 불리는 자들이었다.

어느 날 갑자기 돌변하여 주변 사람들을 죽이고 자신마저도 죽음에 이르는.

도저히 이해 할 수 없는 죽음이 중원 도처에서 벌어지고 있었다.

처음엔 주화입마 혹은 원한 등에 의한 사건으로 치부되었지만 시간이 흐르고, 사건이 늘어나면서 그런 것이 아니란 사실이 알려지기 시작했다.

광인들은 어떠한 원한도 없었고, 사고를 치기 바로 전까지 평범한 생활을 보내던 자들이었다.

그들 중엔 무림인들이 굉장히 많았지만 일반인들도 없잖아 존재하고 있었다. 그 때문에 원인을 밝히기 위해 수많은 이들이 발로 뛰고 있었지만 정작 알려진 것이 극히 드물었다.

하지만 마침내 무림맹의 정보조직이 광인과 관련된 정보를 잡아낸 것이다.

섬서성 평리(平利).

성의 최남단에 위치한 도시인 평리는 호북성과 경계에 위치하고 있어 섬서성에 들어가기 위해선 반드시 거쳐야 하는 도시였다.

그 덕에 수많은 상인들이 쉬었다 가거나, 식량 등을 보충하는 중요한 도시였다.

하루에도 수천에 이르는 사람들이 오고가고 하는 곳이기에 자연스레 거래를 위해 찾는 사람도 많은 도시.

그곳에서 멀지 않은 곳에 위치한 평성산에 특무대가 자리를 잡았다.

"광인이 자연적인 현상이 아닌 누군가가 일부러 벌이는 일이란 사실은 다들 알고 있을 거다."

주변을 둘러보자 모두들 제대로 자신에게 집중하고 있는 모습에 만족하며 태현은 말을 이었다.

"우리가 이곳까지 오게 된 것은 극비리에 이곳에서 광인을 만드는 '약'을 거래하고 있다는 정보 때문이다."

"그럼 소문이 진짜라는 겁니까?"

손을 들고 묻는 대원에게 고개를 끄덕이는 태현.

"아직 눈으로 확인을 하지 못했으니 확신 할 순 없지만 높은 가능성을 지니고 있는 것은 분명하다. 우리가 이번에 맡은 임무는 약을 거래하는 자들을 잡아들이는 것이다. 또한 될 수 있으면 그 배후를 캐고, 약을 회수하는 것. 해독제를 만들기 위해서라도 반드시 조달해 달라는 군사님의 부탁이 계셨다."

알겠다는 듯 일제히 고개를 끄덕이는 수하들을 보며 태현은 자리에서 일어섰다.

도시에 들어가기 전 간단한 작전 회의를 위해 멈춰 섰을 뿐 결이었다.

"도시 안에선 각자 활동한다. 거래를 한 다는 것은 알았지만 어떤 형태로 거래되고 있는지 파악하지 못했으니 다들 유의하도록 하고 특별한 사항이 있다면 내게 오도록. 알겠나?"

"명."

짧고 굵게 대답하는 수하들을 보며 태현은 곧 해산을 명했고, 즉시 사방으로 흩어지는 특무대원들.

얼마간의 시간을 두고 모두들 도시 안으로 침투하게 될 터였다.

첫 임무이니 만큼 모두들 해결하겠다는 의지는 강하지만, 태현은 이번 임무를 성공 할 확률이 그리 높지 않음을 직감하고 있었다.

이유는 세 가지.

첫 째로 거래의 형태를 파악하지 못했다는 것.

수많은 이들이 거래를 주고받는 도시에서 거래의 형태도 모르는 상황에서 현장을 찾는 다는 것은 불가능한 일이나 마찬가지다.

둘째로 '약' 이라고 하지만 진짜 '약' 인 것인지 모른다는 것.

물건의 크기도, 형태도 알지 못하는 상태에서 일일이 찾아다니기엔 도시에서 벌어지는 거래 규모가 너무 컸다.

셋째로 정보의 부재였다.

제대로 된 정보가 없는 상태에서 의심이 된다고 해서 무작정 어찌 할 수가 없는 것이다.

무림맹의 이름을 쓰더라도 통하는 것은 한계가 있다.

'어려운 일이야. 이번 일은 해결을 위해서라기보다도 특무대의 손발이 맞는 지 확인해보려는 성격이 더 강하겠 지. 천마신교와 철혈성이 언제 싸워도 이상할 것이 없는 상황이니 철저히 준비를 하겠다는 건가?'

그 생각대로였다.

무림맹에선 임무를 내리면서도 이번 일을 해결하기 보 단 특무대의 손발을 확인해보려는 차원에서 내보낸 것이 맞았다.

청룡, 백호, 주작, 현무의 네 무력부대를 두고 특무대 를 만들었다는 것은 맹 내부에서도 여러 이야기가 나왔지 만 맹주는 특무대의 필요성을 역설했다.

덕분에 만들어진 특무대이다.

정작 만들어지고 보니 그 전력이 보통이 아니라 맹에 서도 예의 주시하며 확인하고 있었다.

특무대의 대부분이 젊은이들인 만큼 차후 무림을 이끌 어나갈 동량이라 판단한 것이다.

복잡한 이유로 나오게 되었지만 태현은 나쁘지 않다고 생각했다. 과정에서 정말로 '약'을 찾아낸다면 큰 수훈이 고 그렇지 않더라도 특무대의 손발이 맞는지 확인해 볼 수 있으니 큰 소득이었다.

그렇게 태현이 태평한 생각을 하고 있을 때.

천마신교는 급박하게 움직이고 있었다.

"서둘러라!"
"그 짐은 이쪽이다!"
요란하게 움직이는 신교 무인들.
황급히 움직이는 자들의 손엔 하나 같이 두툼한 가죽옷이 들려 있었는데, 북방의 추위를 막기 위한 것이었다.
북해빙궁의 도발은 날이 갈수록 높아져 가고 있었고 놈들을 몰아내기 위해 마침내 천마신교가 움직이려 하고 있었다.
회의장 밖이 소란하지만 천마의 시선은 벽 한쪽에 걸린 중원지도에서 떨어지지 않는다.
중원 전역이 상세히 그려져 있을 뿐만 아니라 중요 문파들의 거점이 표시되어 있는 지도.
톡, 톡, 톡.
손가락으로 의자의 팔걸이를 반복적으로 두드린다.
생각이 많아질 때의 버릇.
이 자리에 앉은 사람들 중 그런 천마의 버릇을 모르는 자들이 없었기에 조용히 기다렸다.
그러길 반 시진.

마침 내 생각을 정리한 것인지 천마의 시선이 회의장을 채운 사람들에게 향한다.

"준비는?"

"끝났습니다. 북방으로 향할 무인들에게 가죽옷의 배급이 끝났고, 보급에 대한 문제 역시 거의 해결했습니다. 나머지는 출발을 하는 것뿐입니다."

마뇌의 보고에 천마는 고개를 끄덕이며 자리에서 일어선다.

북해빙궁의 방해에 고민을 거듭하던 천마는 이전 회의에서 마뇌의 의견을 수렴했다.

그 결과 전력을 반으로 나누는 것이었다.

아니 신교 전력의 6할을 북해빙궁을 막기 위해 내보내는 것이었다.

전통적으로 놈들에게 약했던 것을 떠올리며 충분한 전력을 구성한 것이다. 여기엔 제 아무리 북해의 놈들이라도 지옥의 길이라 불리는 얼음길을 지나온 이상 제대로 된 전력을 보전하지 못하고 있을 것이 분명했다.

설령 생각 이상의 전력을 구성했다 하더라도 신교 전력의 6할이면 충분히 놈들을 박살낼 수 있을 터였다.

그리고 신교 전력의 6할이란 소린 곧 천마와 천마호검대를 제외한 모든 힘이라 봐도 과언이 아니었다.

즉, 천마와 천마호검대를 제외한 전원이 북쪽으로 향한다는 뜻이었다.

"의견을 낸 제가 말하긴 그렇지만… 괜찮으시겠습니까?"

마뇌의 걱정에 천마의 몸에서 회의장을 가득 채우는 마기와 함께 강렬한 투기가 뿜어져 나온다.

"오랜만에 마음 것 날 뛸 수 있을 것 같아 벌써부터 기대가 되는군. 내 걱정을 할 틈이 있다면 북해의 쓰레기들을 하루라도 빨리 치우고 남쪽의 쓰레기들을 마저 치우는 것으로 대신하지."

우웅— 웅.

그 말처럼 천마는 흥분하고 있었다.

주변 누구의 눈치도 보지 않고 마음 것 날 뛸 수 있게 되었다.

심지어 수하들을 신경 쓰지 않아도 된다.

어린 시절을 제외하곤 마음 것 무엇도 신경 쓰지 않고 날 뛰어 본 적이 없었다.

그렇기에 표현하진 않았지만 천마의 심장은 연신 두근거리고 있었다.

두근, 두근.

극단적인 작전이지만 되려 그렇기에 천마가 자신의 힘

274

을 보여 줄 수 있는 기회가 된 것이다.

"가라. 본교의 힘을 보여주어라."

"존명!"

명령이 떨어지기 무섭게 신교 무인들이 빠른 속도로 북상하기 시작했다.

그 끝에 마뇌가 있었다.

잠시 뒤돌아 천마가 있는 곳을 바라보던 그가 곧 마차에 오르고 빠른 속도로 북상하기 시작한다.

모두를 보내고 드넓은 평야에 혼자 남은 천마의 얼굴에 걸리는 미소.

"얼마 만에 느껴보는 자유인지 모르겠군."

천마호검대가 은신해 있지만 명령이 없는 이상 모습을 드러내지 않는 그들이기에 천마는 홀가분함을 느끼며 숨을 크게 들이쉰다.

천마의 자리에 오른 이후 단 한 번도 느껴보지 못한 자유.

그 불가사의한 감각에 기뻐하며 느긋한 발걸음으로 중원을 향해 걷기 시작한다.

"자… 어디서부터 시작할까?"

얼굴에 떠오르는 미소는 개구쟁이의 그것과 닮아 있었다.

第11章.

第 11 章.

　예상했던 것처럼 특무대는 광인의 단서가 될 '약' 도 거래의 현장도 찾을 수 없었다.

　하지만 단 며칠 사이에 보인 특무대의 호흡은 충분히 만족스러운 것이었기에 태현은 맹에서 떨어진 복귀 명령을 어렵지 않게 받아들였다.

　수하들은 불만을 터트렸지만 처음부터 이리 될 것이라 예상했던 태현이기에 그들을 다독이며 맹으로 복귀했다.

　하지만 복귀한지 얼마 되지 않아 무림을 휩쓴 거대한 소문으로 인해 특무대 모두가 긴장하며 모여야 했다.

　"대장, 그게 사실입니까? 마교 놈들이 북상했다는?"

"아무래도 사실인 모양이다. 혹시나 해서 나도 확인해 봤지만 확실한 모양이더군. 그리고… 소문처럼 철혈맹의 검끝이 우리 쪽으로 돌아선 것도 사실이다."

태현의 이야기에 소란스러워지는 연무장.

그들이 잠시 떠들도록 내버려뒀다가 곧 잠잠해지자 태현은 다시 입을 열었다.

"들어서 알고 있겠지만 현 시간부로 맹은 전시체제에 돌입한다. 언제든 임무에 투입 될 수 있음을 상기하고. 금일 저녁 주작, 현무단이 일차 저지선을 형성하기 위해 움직인다. 그 며칠 뒤 청룡, 백호단이 움직일 예정이다."

"저희는 언제 움직입니까?"

"명령이 떨어지는 순간이다."

태현의 대답에 모두들 고개를 끄덕이긴 하지만 불만이 가득하다.

청룡, 백호단이 움직인다는 것은 무림맹이 전력을 쏟는 다는 것이나 마찬가지인데 특무대인 자신들은 대기 상태라는 것이 마음에 들지 않는 것이다.

하지만 이는 이들의 오해에서 비롯된 것이었다.

특무단을 움직이지 않는 것이 아니라, 움직일 수 없는 상황이 되어버린 것이다.

네 개의 전투부대가 전부 외부로 나가는 상황이다 보

니 정작 맹이 비어버리게 되는 데, 만약의 사태에 대비해 특무대가 남기로 결정한 것이다.

평소라면 충분한 설명을 했겠지만 그럴만한 정신이 없었던 탓에 신묘도 그 부분을 놓친 것이다.

"자자, 언제든 움직일 준비를 하도록."

태현의 말과 함께 각자 준비를 위해 사방으로 흩어진다.

천마신교의 전력이 북상했다는 정보를 확인함과 동시 철혈성의 검은 무림맹을 겨냥했다.

난데없는 상황에 무림은 크게 당황했지만 철혈성은 개의치 않고 자신들의 뜻대로 움직이기 시작했다.

무림맹 본거지를 치기 위해 움직인 것이다.

1만 오천에 달하는 무인들이 이동하는 것은 장관이기도 했지만 큰 위협이기도 했다.

아무리 무림과 관이 불가침이라 하지만 이런 대규모 인원의 이동은 결코 쉬운 일이 아니었다.

허나 철혈성은 크게 개의치 않았다.

미리 적당한 뇌물을 쳐놓았기 때문이기도 하지만, 그런 일에 발목을 잡혀 무림맹을 칠 수 있는 절호의 기회를 놓칠 수 없기 때문이었다.

"앞으로 열흘이면 무림맹과 부딪칠 것으로 생각됩니다."

"생각보다 빠르군."

"무림맹의 대응이 기민합니다. 새롭게 구성된 주작, 현무단이 맹을 빠져나와 미리 적당한 곳에서 저지선을 만들었고 그 뒤를 청룡, 백호단이 받치는 모양새 입니다. 사실상 무림맹 전력의 대부분이 밖으로 나와 있다 해도 과언이 아닙니다."

"무신인가?"

"그리 판단됩니다. 정파 무림의 굳은 머리로는 철저히 집을 지키려 들지 밖에서 막아낸다는 생각을 하지 못할 겁니다."

신랄한 자영의 말에도 철무진은 표정의 변화가 없다.

"무신은?"

"아직 맹에서 움직이지 않고 있습니다."

"최후에 나올 생각인가…."

턱을 쓰다듬는 철무진.

무신이 자신을 낳은 아버지라고는 하지만 지금의 철무진에겐 더 이상 관계없는 이야기였다.

오히려 자신의 목표를 위해 움직이는데 거치적거리는 방해물일 뿐.

"가는 길에 적당한 정파 문파가 있던가?"

그의 시선이 지도를 향한다.

그들이 움직이는 경로에서 멀지 않은 곳에 유명한 정파 문파가 하나 자리를 잡고 있었다.

소림과 함께 정파의 기둥이라 불리는.

무당파(武當派).

"어렵겠지?"

"충분히 가능하다 봅니다."

자신감 넘치는 얼굴로 앞으로 나서는 자영을 보며 철무진은 피식 웃었다.

"예상했던 것과 무림맹의 움직임이 많이 다르다. 그렇다면 우리 역시 그에 맞춰줄 필요가 있는 법이지. 세력을 셋으로 나눈다."

"명!"

"하나는 자영이 이끌고 사천을 접수한다. 두 번 다시 일어설 수 없을 정도로 철저히 밟아라."

"존명!"

"또 하나는 감영이 이끈다. 목표는 무당이다."

"명을 받듭니다."

묵직하게 고개를 숙이는 감영을 보며 철무진이 웃는다.

팔영들 중 가장 쓸 만 한 자를 꼽으라면 자영이지만 가장 믿을 수 있는 자를 꼽으라면 단연 감영일 것이다.

타고난 육체에 만족하지 않고 끊임없이 자신을 채찍질하며 수련하고 단련한다.

무공에만 관심을 둔 탓에 자신의 후계에 어울리지 않을 뿐.

만약 자영의 성격을 조금이라도 닮았다면 어쩌면 지금의 자영의 위치는 감영이 차지하고 있었을 지도 몰랐다.

그만큼 감영은 철무진이 믿고 있는 패였다.

"마지막으로 남은 자들은 내가 이끌고 무림맹을 친다. 너희들의 움직임을 따라 무림맹 역시 무리를 나누게 될 것인데… 이번 기회에 능력을 보여라. 무슨 말인지 알겠지?"

철무진의 말에 자영이 눈이 빛난다.

그에 반해 감영은 큰 감흥이 없는 듯 고개를 살짝 숙일 뿐이다.

그런 두 사람의 틈에 끼인 황영은 아무런 말을 하지 못했다.

그가 이 자리에 있을 수 있는 것은 무공 실력이 아닌 돈을 버는 능력 때문인 것이다. 그렇기에 이런 상황에선 어색할 수밖에 없었다.

허나, 곧 철무진의 명령이 그에게 떨어진다.

"중원의 상권을 망가트려라."

"존명!"

재빨리 고개를 숙이는 황영.

일전의 명령으로 인해 이미 모든 준비는 끝났다.

남은 것은 크게 일을 터트리고 상단을 와해시키는 것 뿐. 중원 전체에서도 손에 꼽히는 상단이니 만큼.

무너진다면 그 여파는 무서울 정도로 빠르게 중원 전역으로 퍼질 것이 뻔했다.

그리 된다면 족히 한 달은 중원 상계가 혼란을 거듭하게 될 것이었다. 과거 만금상단이 무너졌을 때 그랬듯 말이다.

철혈성에 모든 정보력을 집중 시킨 덕분에 그들의 행동은 개방 특유의 연락망을 타고 빠르게 맹에 전달되었다.

"어렵군요."

신묘가 얼굴을 찌푸리며 한숨을 내쉰다.

그렇지 않아도 철혈성이 맹을 중심으로 노리고 주변의 문파는 거의 손을 대지 않아 다행이라 여겼는데, 이젠 아니었다.

"최악이로군."

무신 역시 혀를 찼다.

놈들이 무리를 나누어 중원 문파들을 공격하기 위해 움직인 것이다.

차라리 하나로 뭉쳐 정면 승부를 걸어오는 것이 무림 맹으로선 훨씬 더 나은 일이었다.

이런 식으로 문파를 공격한다면 무림맹 자체가 흔들릴 수 있는 중대한 사안이었다.

본문이 공격당하고 있는데 가만히 있을 무림인은 없을 테니까.

"지금으로선 저들의 장단에 맞추어 우리 역시 전력을 분산 시키는 수밖에 없을 것 같습니다."

"어쩔 수 없는 일이지. 철혈성주가 있는 곳으로는 내가 가도록 하지. 최대한 늦게 움직이려 했지만 상황이 이러니 어쩔 수 없는 일이겠지."

"감사합니다. 백호, 현무단을 무당으로…."

"아니, 사천으로 보내게."

"다른 복안이라도…?"

되묻는 그에게 무신은 한쪽에 조용히 자리를 차지하고 앉아 있는 특무대주.

태현을 가리켰다.

"특무대가 무당을 맡는다."

"최선을 다하겠습니다."

말이 떨어지기 무섭게 태현이 자리에서 일어서며 명령을 받는다.

그제야 특무대를 떠올린 신묘가 고개를 끄덕이지만 그들의 적은 숫자를 걱정하며 주작단을 붙이려 했지만 무신은 그를 만류했다.

"특무대만으로 충분하겠지?"

"실력을 보여 드리겠습니다."

믿음이 넘치는 무신의 시선에 태현은 당당히 고개를 끄덕이곤 회의장을 벗어난다.

말은 그렇게 했지만 사실 어려운 일이다.

아무리 강하다 한들 여러 손을 한 손이 당해내기 어렵기 때문이다.

그럼에도 불구하고 태현이 그런 모습을 보인 것은 무신의 눈빛 때문이었다.

최정예를 구성했다고는 하나 무신의 눈엔 철혈성을 감당하기 힘들어 보이는 무림맹이었다.

특히 철혈성주인 그를 상대하기 위해선 전력을 보존할 필요가 있었고, 때문에 무당의 일을 특무대에 맡길 수밖에 없었다.

사실 태현의 실력을 믿기에 가능한 일이기도 했고.

'최선을 다하자.'

짝!

자신의 뺨을 강하게 두드린 태현은 곧 수하들과 함께 맹을 빠져 나갔다.

무림이 급격히 움직이는 동안 유유자적한 사람이 있었으니 바로 천마였다.

수하들 모두를 북방으로 올려 보낸 그는 남들의 눈에 띄지 않은 채 어느새 무림맹이 만들어 놓은 저지선에 도달 할 수 있었다.

드넓은 평야에 자리를 잡은 무림맹을 구경하기 위해 이미 많은 무림인들이 한쪽에 자리를 잡고 있었다.

목숨이 날아 갈 수도 있는 전장이지만 역사에 남을 싸움을 두 눈으로 구경하고자 수많은 이들이 모여든 것이다.

그들 틈에 끼어 천마는 느긋하게 철혈성 무인들이 모습을 드러내길 기다렸다.

그러길 잠시.

펄럭— 펄럭!

"철혈성이다!"

288

"와아아아!"

깃발을 휘날리며 철혈성 무인들이 모습을 나타내었고 그에 기다리고 있던 무인들이 함성을 내지른다.

어서 빨리 싸움을 시작하라는 일종의 신호였으나 철혈성은 무림맹과 마주 보는 곳에 자리를 잡고서 더 이상 움직이지 않았다.

'좀 더 지켜볼까… 아니면 나서?'

고민하는 천마.

나서는 것은 별 문제가 되지 않지만 저들 가운데 과연 자신이 노리는 자가 있느냐가 문제였다.

바로 철혈성주 말이다.

무신에게 귀에 딱지가 앉을 정도로 들었던 그 힘을 천마는 자신이 직접 견식해볼 작정이었다.

그러기 위해 놈이 모습을 드러낼 가장 높은 확률의 장소에 온 것이 아니던가.

헛걸음이었다 하더라도 상관없었다.

화풀이 대상이 한 가득 널려 있으니까.

그러는 동안 마침내 철혈성 쪽에서 한 사람이 모습을 드러낸다.

당당한 발걸음과 거침없이 뿜어내는 기운.

"철혈성주다!"

"우와아아!"

사람들의 함성을 들으며 천마가 웃었다.

저벅, 저벅.

척.

당당한 자세로 우뚝 선 철무진은 주변으로 서슴없이 자신의 기운을 흩날렸다.

강렬하고, 살기가 섞인 강렬한 기세에 시끄럽던 평원이 조용해지기 시작했다.

"…음?"

입을 열어 말을 하려는 순간.

강렬한 기파가 철무진에게 날아들었다.

내공이 약한 자는 받는 순간 쓰러져버릴 정도로 강렬한 기파와 함께 평원 전체를 뒤덮는 마기가 솟아오른다.

그와 함께 모습을 드러내는 한 사람.

"천마…."

철무진의 얼굴이 일그러진다.

철무진의 움직임에 맞추어 앞으로 나서려던 무신의 발걸음이 멈춘다.

자신보다 먼저 나서 움직이는 한 사람 때문이었다.

"허…!"

'저 친구가.'

천마였다.

신교 무인들은 보이지 않지만 그는 분명 천마였다.

그가 아니고선 이 드넓은 평원 가득 마기를 흩날릴 무인이 있을 리 없으니까.

갑작스런 천마의 등장을 눈치 챈 것은 무신 뿐만이 아니었다.

"처, 천마다!"

"천마가 나타났다!"

일대 소란이 벌어진다.

무신도 아닌 천마가 이 자리에 나타날 것이라고 예상한 사람은 누구도 없었다.

하지만 그는 모습을 드러냈다.

거대한 함성이 평원을 뒤 흔든다.

†

같은 호북에 위치한 덕분에 태현들이 무당으로 이동하는 것은 하루면 충분했다.

이미 연락을 받은 것인지 무당은 태현들을 어렵지 않게 받아 들였다.

다른 구파일방이 그러하듯 무당 역시 정예 무인들이 맹에 차출되어 나간 상태였다. 덕분에 무당엔 그야 말로 최소한의 무인들만이 남아 있었다.

"장문령을 내린 상태라 며칠 안으로 무당과 관련된 자들은 하나도 빠짐없이 집결할 것이네. 문제는 그 시간 동안 버틸 여력이 없디는 것이지."

무당의 당대 장문인인 서현도장이 긴 한숨을 내쉰다.

오대세가에 비해 한 발 늦었다 판단한 구파일방은 무리해서 정예들을 차출했는데 그 여파가 이런 식으로 자신들의 목을 죄게 될 것이라곤 조금도 예상치 못했었다.

아니, 철혈성이 자신들을 향해 움직일 기미를 보였다면 미리 장문령을 동원해 제자들을 불러 들였을 터였다.

뒤늦게라도 장문령을 발동 했으나 이미 늦은 뒤였다.

그 모든 것이 안일함 때문에 생긴 일이라는 것을 알기에 서현도장의 한 숨은 깊어만 간다.

"당장은 저희가 최선을 다할 것입니다. 만약을 위해 어린 제자들을 피신시키고 중요한 물건들을 은밀한 곳으로 보관하는 것이 좋겠습니다."

"이미 그렇게 했네. 맹주께서 말씀하시길 자네를 믿어도 된다 했으니 나 역시 믿겠네. 부탁하네."

정중히 고개를 숙여 인사하는 장문인을 보며 태현은 마주 고개를 숙였다.

당연히 자신이 해야 할 일이었다.

'남은 것은… 누가 이곳으로 오느냐 인가?'

자신의 손에 죽은 팔영이 한 둘이 아니었다. 아니, 대다수의 팔영이 자신의 손에 죽었다 봐도 되었다.

'감영….'

태현을 죽음 직전까지 몰고 갔던 사내.

감영의 얼굴을 떠올리자 당시 부러졌던 갈비뼈들이 아파온다.

'와라, 감영. 이번엔… 패하지 않는다.'

진심으로 태현은 바라고 있었다.

감영이 이곳으로 오기를.

지난번 패배를 씻어낼 기회가 오기를 말이다.

그렇게 태현이 준비를 하는 동안 마침내 삼천에 이르는 수하들을 이끌고 감영이 무당산의 초입에 모습을 나타낸다.

펄럭, 펄럭!

힘차게 펄럭이는 철혈성의 깃발 사이에서 걸음을 옮기는 감영의 시선 끝에는 무당산을 오르는 계단을 점거하고 나선 무림맹의 특무대가 있었다.

아니, 더 정확하게는 그 선두에 선 태현을 향하고 있었다.

피식.

태현의 얼굴을 확인한 감영이 웃었다.

"운명이로군."

"맞아. 지독한 운명이지."

태현이 말을 받으며 천천히 앞으로 발걸음을 옮긴다.

감영 역시 뒤지지 않고 앞으로 향한다.

"상처는 다 아문 모양이로군."

"덕분에 더 튼튼해졌지."

우웅— 웅.

청홍검이 검집 안에서 뽑아 달라며 울음을 토해내지만 태현은 손으로 다독일 뿐 검을 뽑진 않았다.

저벅, 저벅.

척.

두 사람의 걸음이 멈춰 선다.

정확히 1장의 거리를 두고서.

"많이 달라졌군."

태현의 몸에서 흐르는 기운을 살핀 감영의 얼굴에 이채가 돈다.

"달라져야 했으니까. 이전과 같은 결과가 나오진 않을 거야. 그럴 자신도 있고."

"그건 두고 봐야 알겠지."

슥.

감영의 시선이 무당산 위 무당파를 향한다.

"저들은 나오지 않는 것인가?"

"일단은. 우리를 아니 나를 뚫는 게 먼저가 아닐까?"

당당한 태현의 말에 감영은 피식 웃으며 고개를 끄덕였다.

"과연. 그렇지. 우선 자네부터 뚫어야지."

"그럼… 가볍게 시작해 보자고."

"가볍게 말이지."

가볍게를 외치는 두 사람의 신형이 돌연 모습을 감춘다.

그리고.

콰콰쾅-!

굉음과 함께 거대한 기의 폭풍이 사방에 몰아쳤다!

"천마를 이런 곳에서 볼 것이라곤 예상치 못했군."

"이게 필요할 때도 있지만 세상이 꼭 이걸로만 해결이 되는 것은 아니거든."

의외라는 철무진의 말에 천마는 자신의 머리를 손가락으로 툭툭 치며 대답한다.

"확실히… 머리만 굴려서 되지 않는 일이 제법 많지."

"알면 다행이군. 그보다 북해빙궁의 일도 자네의 짓인가?"

태연히 묻는 천마에게 철무진은 더 이상 감출 것이 없다는 듯 고개를 끄덕여 인정했다.

"아무래도 신교는 껄끄러운 상대라 말이지. 놈들을 움직이기 위해 시간과 공을 많이 들였는데… 마음에 드는지 몰라?"

"처음엔 별로였는데 지금은 나쁘지 않군. 이렇게 편하게 돌아다니는 것도 오랜만이고 말이야."

"마지막 자유가 될 수도 있는 일이지."

오싹.

말과 함께 뿜어져 나오는 살기에 몸이 오싹거리지만 잠시 뿐. 어느새 자연스럽게 일어난 기운이 철무진의 살기를 막아선다.

"말버릇이 제법 나쁘군. 젊어보여도 네 아비의 친구인데 말이야."

"…일찍 죽고 싶은 모양이로군."

"난 아직 그러고 싶은 마음이 없네만?"

살기를 키우며 차가운 눈빛을 발하는 철무진을 보며 천마는 능글스런 미소를 짓는다.

그에 자신이 흥분했다는 것을 깨달은 철무진은 잠시 눈을 감는 것으로 평온을 되찾는다.

"내 부모님은 돌아가신지 오래다."

"저 뒤편에 버젓이 살아있는데?"

"이미 돌아가신 분이지."

차갑게 응수하는 그를 보며 천마는 더 이상 그의 감정을 건드리는 것을 그만뒀다.

처음엔 흔들렸지만 이젠 조금도 흔들리지 않고 있었다. 더 한다고 해서 흔들릴 것 같지도 않았다.

아니 그보다.

꿈틀, 꿈틀.

온 몸의 근육이.

내공이 날뛰고 있었다.

움직여 달라고.

'몸 전체가 소리를 내지르는 것 같군!'

바짝 달아오른 육체를 다스리며… 천마가 물었다.

"실력이 대단하다더군."

"곧 보게 될 거야."

"그렇지. 그러기 위해… 이 자리를 찾아 온 것이니까."

히쭉 웃는 천마.

잠시 뒤 둘의 신형이 사라진다.

그리고.

콰콰쾅-!

쩌적!

폭풍이 몰아닥치기 시작했다.

한계가 없는 것인지 끊임없이 흘러나온 마기가 평원 전체를 뒤덮으며 끊임없이 철무진을 괴롭히지만 철무진 역시 뒤지지 않았다.

자신만의 기세를 뿜어내며 마기에 대항한 것이다.

놀라운 것은 천마조차도 그가 일으키는 기운의 종류를 본 적이 없다는 것이었다.

쩌정!

서로의 주먹이 교차한다.

주먹끼리 부딪쳤다곤 상상 할 수 없을 정도의 굉음과 충격이 사방으로 흩날리지만 정작 싸움의 당사자인 둘의 표정은 느긋하기 짝이 없다.

'확실히 제법이로군. 하지만… 아직 멀었다.'

서서히 기운을 끌어올리기 시작하는 천마.

웅웅, 웅웅-.

요란한 소리를 내며 잠들어 있던 천마의 내공이 움직이기 시작한다.

화륵-!

천마의 육체에서 검은 불꽃이 피어오른다.

"애송아! 놀아보자꾸나!"

고삐가 풀린 천마가 날뛰기 시작했다.

주먹이 교차하고 발이 엇갈린다.

육체적 박투는 그 끝을 모르고 이어지지만 두 사람의 신형은 쉴 틈 없이 평야를 헤집고 움직이고 있었다.

콰쾅!

굉음과 함께 폭발하듯 터져나가는 평야.

두 사람의 기운이 충돌 할 때마다 굉음과 함께 멀쩡하던 평야가 갈아엎어진다.

그 엄청난 싸움에 지켜보는 이들이 입을 다물지 못했다.

평원 전체를 뒤덮는 어마한 기의 파동에 내공이 약한 이들은 피를 토하며 쓰러지고, 버티는 이들도 내상을 입은 채 빠르게 물러서야 했다.

당장 멀리서 지켜보는 것만으로도 이럴 지언데 재수 없어 저들이 다가서기라도 한다면 개죽음을 당 할 수도 있는 일인 것이다.

그것을 느낀 무림인들이 빠른 속도로 거리를 벌리기 시작했다.

철혈성도, 무림맹도 예외는 없었다.

이 드넓은 평야 전체가 두 사람을 위한 무대가 된 것이다.

콰르르릉-!

다시 한 번 몰아치는 기의 폭풍!

그 모습을 지켜보는 무신의 얼굴은 굳어 있었다.

'너무 깊이 가지 말게. 위험해.'

오래 전 이미 그에게 당해본 적이 있는 무신이었다.

무신이라 불리고 있지만… 실상 그는 자신의 별호를 그리 좋아하지 않았다.

자신에게 어울리지 않기 때문이다.

'무신이라는 별호가 어울리는 사람이 있다면 녀석 밖에 없지.'

자신의 별호가 어울린다 생각하는 유일한 사내는 바로 그의 아들이었다.

비록 서로 다른 길을 걷고 있지만 그보다 무신이란 이름이 잘 어울리는 자는 아직도 보지 못했던 것이다.

그만큼 그는 강하고 무서운 자였다.

당시보다 더 강해졌을 것이 분명한 놈이기에… 무신은 하나 뿐인 친우를 걱정했다.

빠져야 할 시기를 잘 판단하길 바라며.

그런 무신의 바람도 모르고 천마는 크게 흥이 올라 있었다.

터팅! 팍!

짧게 붙어 주먹을 주고받은 뒤 다시 떨어져 나간다.

때론 변칙적인 공격이 이어지지만 둘 모두에게 통하지 않는 것들뿐.

그렇게 일 다향을 쉬지 않고 움직이고 나서야 두 사람이 멈춰섰다.

처음의 그 위치에 정확히 멈춰선 두 사람이 서로를 바라본다.

"재미있군. 재미있어! 그의 말처럼 넌 강하구나! 그동안 어찌 그 힘을 사용하지 않고 참았는지 이해가 되지 않을 정도로 넌 강하구나."

"목적을 위해서라면."

"하하하! 좋아, 마음에 들어."

"난 그다지 마음에 들지 않는 군."

손으로 옷에 묻은 먼지를 가볍게 털어내는 철무진.

그 모습에 천마는 웃으며 천천히 내공을 끌어올린다.

우웅!

검은 마기가 허공으로 치솟아 오른다.

불꽃과도 같은 마기는 순식간에 천마를 집어 삼키고.

화르륵-!

불이 흔들리는 소리와 함께 마기가 줄어들기 시작하더니 잠시 후 천마의 몸 주변에서 불꽃처럼 휘날린다.

익숙한 듯 마기의 불꽃 안에서 몸을 움직이는 천마.

"본격적으로 해보자고. 본교가 자랑하는 천마신공을 견식 시켜주지."

"후… 끝내주지."

고오오…!

두 사람 사이에 피어오르는 강렬한 살기!

평범히 건강한 사람이라도 두 사람 사이에 피어나는 살기에 노출 된다면 발작을 일으키다 죽을 정도로 강렬한 살기가 사방으로 흘러나간다.

"시작하지."

천마의 말과 함께 경천동지할 싸움이 시작되었다.

†

푸확-!

스쳐 지나간 권풍에 뺨이 얼얼하다.

조금만 깊었어도 살이 날아갔을 것이다.

하지만 그것은 감영 역시 마찬가지였다.

주먹을 날린 순간 역으로 날아든 검에 왼팔을 잃을 뻔한 것이다.

빼는 것이 조금만 늦었어도 단숨에 승부의 추가 기울어질 뻔했다.

퍼펑!

서컥!

이어지는 공방 속에서 둘의 움직임은 점점 단조로워지고 있었다.

이는 상대의 눈을 현혹하기위해 느리게 움직이는 것보다, 빠르고 단순하게 공격하는 것이 훨씬 더 능률적이란 사실 때문이었다.

이전에도 그러했지만 이번에도 두 사람의 접전은 치열하기 그지없다.

찌이익-!

상의가 손끝에 걸려 찢어져 나가자 태현은 왼손으로 남은 옷을 아예 뜯어 버린다.

흩날리는 옷이 움직임을 방해하기 때문이었다.

그 짧은 순간 다시 날아드는 주먹.

아니, 발목을 노리고 날아드는 발길질을 어렵지 않게 뒤로 물러서며 피해낸 태현의 청홍이 원을 그리며 허공을 베어낸다.

쯔컥.

분명 빈 허공을 향해 검을 휘둘렀음에도 어느새 그 자리에 나타난 감영의 옷이 예리하게 찢겨나간다.

완벽하게 감영의 움직임을 읽은 것이다.

그렇지 않고선 설명 할 수 없는 움직임이었다.

하지만 감영 또한 개의치 않는다.

되려 태현처럼 옷을 찢어 버린다.

조금의 실수가 운명을 가른 다는 것을 알기 때문이었다.

"지난번과 확실히 다르지?"

약간의 여유가 생기자 태현이 웃으며 묻는다.

그에 감영이 고개를 끄덕였다.

"다르군. 같은 인간이라곤 생각지도 못할 정도다."

"고생했거든. 고생 한 만큼 보답이 돌아오는 것 같아서 난 좋네. 아주."

웃는 태현을 바라보던 감영이 말했다.

"제법이지만… 지난번과 달라질 것은 없다."

고오오!

단호한 말과 함께 내공을 끌어올리는 그의 기세가 거칠다. 그에 맞춰 태현 역시 내공을 끌어올렸다.

"길고 짧은 건 대봐야 알겠지."

번쩍!

둘의 신형이 또 다시 허공에서 부딪친다!

정확히 발과 발이 교차하며 부딪치고.

막대한 내공을 불어 넣은 것인지 사방으로 충격이 전해진다.

콰르르릉-!

쩌적!

갈라지는 대지.

지반이 약한 곳은 둘의 싸움에 빠르게 무너져 내리기 시작했고, 괜히 둘 사이에 휘말리지 않기 위해 모두가 뒤로 물러섰다.

그것을 아는지 모르는지 둘의 싸움은 점차 치열해져 간다.

"핫!"

기합과 함께 검강이 깃든 청홍검을 빠르게 휘두르는 태현.

번개와도 같은 움직임에 짧지만 반응이 늦은 감영은 재빨리 피부로 내공을 집중시켰다.

우웅.

쩌정!

사람의 가죽을 베었는데 무기가 서로 부딪친 소리가 울려 퍼진다.

"칫!"

짧게 혀를 차며 뒤로 빠지는 태현.

이미 경험해 봤다.

불괴흑마공(不壞黑魔功)이란 괴물 같은 무공을!

"넌 내 피부를 뚫을 수 없다!"

쿠아악.

거대한 덩치를 적극 활용해 밀고 들어오는 감영!

스치기만 해도 죽을 것 같은 근육질의 주먹을 강하게 내지르지만 태현은 어렵지 않게 피해낸다.

뿐만 아니라 청홍검에 내공을 가득 실어 뻗은 팔을 베어냈다.

카카칵!

날카로운 소리가 울려 퍼지지만 상처하나 없는 팔.

'저번 보다 더 단단해졌군.'

태현의 얼굴이 굳는다.

이전엔 최소한 상처를 남길 수 있었지만 같은 양의 내공임에도 불구하고 상처를 남기지 못한다는 것은 그 역시 자신처럼 강해졌다는 이야기였다.

그렇지 않아도 강한 놈이 더 강해졌다니, 머리가 다 아플 지경이다.

'하지만!'

쩌엉-!

다시 한 번 부딪치는 놈의 팔과 청홍!

'이겨낸다!'

태현의 의지에 불이 붙으며 막대한 양의 내공을 뿜어내기 시작했다.

츠츳!

청홍의 위로 선명하게 떠오르는 푸른 검강!

막대한 내공이 집중되어 선명한 빛을 뿌리는 그 모습에 감영은 이를 악물며 불괴흑마공에 내공을 집중했다.

둘 사이의 거리는 3장!

다가서기 전 그의 검이 움직일 것을 알기에 감영은 방어에 집중했다.

"핫!"

짧은 기합과 함께 태현의 신형이 날아든다.

화살과 같이 허공을 가로지르는 태현!

'힘으로 받아친다!'

"후읍!"

강하게 숨을 들이마신 감영이 강한 힘을 실어 주먹을 내질렀다!

청홍의 검 끝과.

감영의 주먹이 부딪친다.

쩡…

콰콰쾅!

푸확-!

작은 소리에 어울리지 않는 어마어마한 폭발과 사방을 초토화 시키는 파공음이 퍼져나가고.

피어오르는 먼지를 뚫은 두 사람이 빠르게 교차한다.

따다당!

청홍검이 짧고 빠르게 감영의 몸 을 두드리지만 상처 하나 남기지 못한다.

반대로 감영은 태현의 빠르기를 쫓지 못하고 있었다.

불괴흑마공의 약점 중 하나.

화후가 높아질수록 몸은 점점 단단해지고 강해지지만

그로 인해 유연성을 잃으며 빠르기를 잃게 되는 것이다.

얻는 것이 있다면 잃는 것도 있는 법.

감영은 자신이 얻은 것에 집중하고 잃는 것에 대해선 생각만 할 뿐 철저하게 외면했다.

잘 할 수 있는 것에만 집중해도 충분하다 생각했기 때문이다.

"큭…!"

으드득!

이를 악무는 태현.

아무리 공격을 해도 저 두꺼운 피부를 뚫고 지나가질 못한다.

철저히 불괴흑마공의 성취에만 매달린 것이 틀림없다.

그렇지 않고서야 이렇게까지 소전을 할 이유가 없었던 것이다.

"좋아…! 누가 이기는지 해보자고!"

파바밧!

다시 한 번 달려드는 태현의 손에 들린 청홍검이 푸른 검강을 토해낸다!

둘의 싸움을 지켜보고 있는 이들의 머릿속에 떠오른 공통의 생각.

창과 방패.

끝나지 않는 창과 방패의 싸움처럼 보이고 있었다.

창의 날카로움이냐 방패의 단단함이냐.

오랜 시간을 두고도 결론이 나질 않는 그 싸움처럼 태현과 감영의 싸움 또한 그러했다.

철저히 공격을 하는 태현과 철저히 방어하는 감영.

태현의 공격이 느슨해지는 순간마다 반격을 하는 감영의 움직임이 예사롭지 않다.

스컥.

날카로운 풍압에 베여나간 피부가 붉은 피를 흘려대지만 태현의 움직임은 멈추지 않는다.

두 발로는 끊임없이 무영천리공의 묘리를 따르고, 청홍을 든 손은 연신 검강을 토해내며 빈 왼손은 기회가 날 때마다 장력을 토해낸다.

막대한 내공을 바탕으로 쉴 틈 없이 쏟아내는 태현의 공격은 보는 이들로 하여금 절로 식은땀을 흐르게 만든다.

저 공격을 막아내는 것이 자신이라면 이라는 생각만으로도 무서울 지경이다.

'참는다. 기회는… 온다.'

불괴흑마공의 성취가 대단히 높아졌지만 계속되는 공

격에 서서히 충격이 쌓이고 있었다.

그 중에는 눈물이 찔끔 날 정도로 강한 고통도 있지만 감영은 절대 밖으로 표시내지 않았다.

참고 또 참았다.

단 한 번의 기회.

자신에게 올 그 기회를 놓치지 않기 위해 철저히 준비하고 또 준비했다.

상대는 자신이 알던 것보다 훨씬 더 강해져 돌아왔다.

쉽지 않은 상대이기에 감영은 기회를 놓치지 않으려 했다.

불괴흑마공을 선택하고 배운 순간부터 감영은 인내하고 또 인내해야 했다.

단 한 번의 기회를 완벽히 자신의 것으로 만들기 위해.

'기회는 온다. 기회가 오지 않는 싸움은 존재하지 않는다!'

감영의 뚝심이 모든 고통을 이겨내게 만들고 있었다.

쩌정!

"헉, 헉!"

또 한 번의 공격이 실패로 돌아가자 태현은 미쳐버릴 것 같았다.

대체 얼마나 많은 공격을 쏟아 부은 것인지 본인 스스로도 알지 못할 정도다.

검게 물든 놈의 피부가 이젠 철벽처럼 느껴진다.

내공엔 여전히 여유가 있지만 체력적으로 점차 지쳐가고 있었다.

세상 그 누가 오더라도 쉬지 않고 공격을 쏟아 낸다는 것은 쉬운 일이 아니었다.

설령 무의미한 공격이라 하더라도.

'공격! 또 공격해야해!'

'버텨낸다. 반드시 버텨낸다!'

창의 태현.

방패의 감영.

두 사람의 싸움이 점차 끝을 향해 달려간다.

〈6권에서 계속〉